へっぽこ膝栗毛（二）

稲葉稔

双葉文庫

目次

へっぽこ膝栗毛（二）

第一章　関所越え

一

「てれつくてれつく、すってんすってんてんてん……」

和助《わすけ》は小田原《おだわら》を発ってしばらくは軽口をたたいていたが、湯本《ゆもと》からの上り坂になると急に黙り込んだ。その代わりに、

――きょきょ、きょきょきょー、きょ……

と、時鳥《ほととぎす》の声。

はたまた、

――ほーほけきょー
と鶯《うぐいす》の声。そして、空に舞う鳶《とび》がぴーひょろーという声を降らしてくる。

箱根の山は天下の険と言うとおり、険しい坂道がつづく。

新兵衛《しんべえ》と稲妻五郎《いなずまごろう》と和助は、息を切らしながら、石ころだらけの山道を上っていた。木漏れ日がつづら折りの街道に縞目《しまめ》を作っていた。

太鼓持ちの和助のおしゃべりは、さっきから止まっている。それに、関所が近づくにつれ、新兵衛と稲妻から遅れ気味だ。

「和助、どうした。少し休むか……」

新兵衛は立ち止まって和助を振り返った。

稲妻も立ち止まって、竹筒に入った水を口に含む。

「まだでございますか？　関所はまだ先でございますか……はあ、はあ……」

和助は首筋につたう汗をぬぐいながら息を切らしている。

「若旦那、そこで少し休もう。あやつはしんどそうだ」

稲妻が少し先にある開けた場所を見て言った。そこには腰掛けになる倒木があった。

新兵衛はそこへ行って腰を下ろした。稲妻も隣に座り、和助を待つ。

朝早く小田原の旅籠《はたご》を出て一刻半（約三時間）ほどだ。

新兵衛はその日のうちに沼津《ぬまづ》まで行く予定だった。箱根さえ越せばあとは楽だと宿の者に教えられたので、夕刻には沼津に着けるはずだ。

新兵衛は周囲の山を眺めた。瑞々《みずみず》しい青葉が日の光を照り返し、崖下を流れる須雲川《すくもがわ》の瀬音が聞こえてくる。

「畑宿《はたじゅく》で休んでほしゅうございました」

はあはあと荒い息をしながら和助がやってきた。畑宿というのは途中にある間《あい》の宿《しゅく》だった。そこには食べ物を供する茶屋があったが、新兵衛は立ち寄らなかった。

「もうすぐ関所だ。関所を越えれば峠を越えてあとは下りだ」

「ひゃあ、また峠があるんでござんすか」

和助は驚き顔をする。

「峠はもう勘弁でござんすよ。峠は嫌いでございます」

「峠を越えなきゃ先には進めねえだろう。ぐだぐだ文句を言わずに水を飲め」

新兵衛は竹の水筒を和助にわたした。

「若旦那、沼津まで行くと言ったが、いかほどあるんだ?」

稲妻がごっつい顔を向けてくる。稲妻は二本差の浪人で、新兵衛の用心棒役である。

「箱根宿から三島《みしま》まで四里ほどで、三島から沼津まで一里半ほどです」

「すると、関所から五里以上もあるではないか……」

稲妻は太眉《ふとまゆ》を動かす。

「まだ日は高いです」

新兵衛は空を見あげて言う。湯本を発ったのは夜明け前だった。

「若旦那、畑宿にはうまそうな団子や餅を売っていました。稲妻さん、甘酒もありましたね」

「だからなんだ?」

新兵衛は和助をにらむ。

「休みたかったんでござんすよ」

「だったら戻って好きなもん食ってこい」

突き放すと、和助は情けない顔をして、そんな冷たいこと言わないでくれと口をとがらす。

「戻ればまたこの坂道を上ることになるんですよ。それは勘弁でござんす」

「関所を抜ければ食い物屋はある。……はずだ」

「へっ。てことは、ないかもしれないってことでやんすか」

「わからん。おれは行ったことねえからわからねえだけだ。だが、箱根宿と言うくらいだから飯屋も旅籠もあるだろう。さ、行くか……」

新兵衛は立ちあがって、振分荷物《ふりわけにもつ》を肩にかけた。手甲脚絆《てっこうきゃはん》に腹掛け半纏《ばんてん》、草鞋《わらじ》履《ば》きは和助と同じで菅笠《すげがさ》を被っていた。

侍の稲妻は打裂羽織《ぶっさきばおり》に野袴《のばかま》、手甲脚絆に草鞋。そして編笠《あみがさ》だ。

三人はだらだらとつづく山道を上る。道幅は三間か四間と狭く、ところどころは石畳になっているが、それも風化して荒れ、でこぼこになっていた。

京方面から下ってくる旅人たちとすれ違う。シャンシャンと鈴を鳴らす小荷駄《こにだ》馬《ば》を雇っている旅人がいる。おそらく金のある者だ。

空尻《からじり》を雇っている侍の旅人は、供の者に挟箱《はさみばこ》や荷物を持たせている。杖をついて坂を下ってくる年寄り夫婦がいれば、お伊勢《いせ》参りの帰りかもしれぬ女連れの四、五人の男たちもいた。

新兵衛たちの後方にも坂を上ってくる旅人の姿がちらほら見えた。

しばらく行くと下り坂になり、足がぐっと軽くなった。そして、木々の間に芦《あし》ノ《の》湖《こ》が見えてきた。

「下りはようござんすねえ。坂道は下りにかぎります。下らないのは上り坂ってなもんです。アハハハ……」

和助は楽になったから軽口をたたいて勝手に笑う。

「あれあれ、若旦那。なんだかあたしもいい男になりましたかね。いますれ違った女の旅人が二人いましたでしょう」

「だからなんだ」

新兵衛は前を向きながら返事をする。

「だってあたしの顔を見てにやにやと笑ってくれたんですよ。急な山道を歩いてきたおかげで、少しは痩《や》せて色男になったのかもしれません」

新兵衛は和助を振り返った。菅笠を首にかけ、手拭いで汗を拭いて頭に白いものを被せている。

「おい和助。てめえが被っているのは、おめえの褌《ふんどし》じゃねえか。昨夜、宿で洗ったやつだろう」

「ひゃあー。それは気づきませんで……」

頭から褌を引き剝《は》がして和助は目をまるくした。

「おい、関所が見えてきた」

稲妻が前方を見て言った。杉の木立の隙間にそれらしき建物がたしかに見えた。

「関所ですね。やっとひと息つけます」

新兵衛は安堵《あんど》の表情を稲妻に向けた。

二

三人は関所前まで来て足を止めた。千人溜《せんにんだまり》と呼ばれる場所に約二十人ほどの旅人たちが思い思いに座っていた。どうやら待たされているようだ。

関所に入るには萱葺《かやぶ》きの切妻《きりづま》型の御門を入らなければならない。しかし、その門は閉じられている。三人がいるほうが江戸口門で、反対が上方《かみがた》口門だ。

「なんだ、すぐには通れぬのか？」

稲妻が疑問を口にすると、近くにいた旅人が、

「なにやら面倒事があったようで待たされているんでございます」

と、振り返って教えてくれた。

「面倒事……なんだ？」

旅人は「さあ、わかりません」と、首をかしげた。

「いかほど待たされておるのだ？」

「小半刻（約三十分）ほどでございましょうか……」

「それじゃ尻を据えて待ちますか」

和助は地面に座って疲れた足を揉《も》む。

新兵衛はまわりの景色を眺めた。関所は木柵で囲まれていて、関所の右手にさざ波も立てていない芦ノ湖が広がっている。青々とした湖は真っ青な空を映し取っている。

富士山が見えるはずだが、あいにくそちらの空は曇っていてぼんやりと形が見えるだけだった。

関所の左側にはなだらかな山があり、上のほうに繋がる道が見え隠れしていた。そちらには関所破りを見張る遠見番所《とおみばんしょ》が設けられている。

森閑《しんかん》とした山から鳥たちののんびりした鳴き声が聞こえてくる。

「やれやれ、こんなところで足止めでござんすか」

地面に座ったまま和助がぼやく。

「旅も思いがけなく足止めをされる人生と同じであるな」

稲妻がしかつめらしい顔で応じた。

新兵衛はなるほど言い得て妙だと感心した。たしかにそうかもしれない。旅には川留めもあれば、こうやって関所で足止めも食う。思いどおりにいかない人生と同じだ。

新兵衛は浅草御蔵前《あさくさおくらまえ》にある札差《ふださし》「小泉屋《こいずみや》」の跡取りである。店はかなりの儲けがあるので、子供の頃から不自由な思いをしたことはない。

傍目には裕福な家の惣領《そうりよう》に見えるかもしれないが、両親のことや家のことや頼りない弟の新次郎《しんじろう》のことなどに気を揉んでいる。おまけに札差も幕府から規制がかかり先行き安泰とも言えない。

「若旦那、若旦那」と言ってもてはやされているが、悩みは決して少なくない。

それでも、旅をしていると心が洗われ、新鮮な気持ちになれる。それが唯一の救いであろうか。

「若旦那、門が開きました」

周囲の景色をぼんやり眺めていた新兵衛に和助が声をかけてきた。

さっきまで足止めを食っていた旅人たちが、番人に促され関所内に入っていった。新兵衛たちもそのあとにつづく。

入ったすぐのところに高札《こうさつ》があり、そばに旅人を威嚇《いかく》するように三道具（突棒《つくぼう》・袖搦《そでがらみ》・刺股《さすまた》）が立てかけられていた。

「げげっ、ありゃあ、おっかねえ面《めん》だこと」

和助が目をまるくして、新兵衛の袖をつかんだ。新兵衛が和助の視線を追うと、左側にある足軽番所の庇《ひさし》の下に、げにも怖ろしげな般若《はんにゃ》の面がふたつ掛けられていた。

「ただの面じゃねえか」

新兵衛は面番所《めんばんしょ》に顔を向け直す。座敷には通行人をあらためる番士《ばんし》らが詰めている。みんな厳《いか》めしい顔で、人のあらを探すような目を旅人たちに向けている。その座敷には鉄砲や弓や槍が備えてある。

座敷にいる番士が「よし、つぎの者」と呼び、通行人たちが笠や被り物を脱ぎ、跪《ひざまず》く。名を申せと命じられると、通行人は自分の名を口にする。往来手形を見せろとも言われず、「よし。つぎ」と声をかけられ、通行人はほっとした顔で上方口に去って行った。

はじめに稲妻が呼ばれたが、難なく通行許可である。そして和助もとくに調べを受けることもなく許可される。

「浅草御蔵前、小泉屋新兵衛と申します」

他の者たちに倣《なら》って新兵衛は番士を眺めた。座敷中央に番頭《ばんとう》が座り、その両側に番士が座っていた。奥にも他の番士の姿がある。

この者たちは小田原藩士で一ヶ月交替で毎月二日にやってきて勤仕《きんし》している。

「いずこへまいる？」

にこりともしない顔で番頭が訊《たず》ねた。

「京へまいります」

新兵衛が答えると、短い間があり、「よし」と言われ、小さく顎《あご》をしゃくられた。少し緊張したが、すんなり通行が許されて胸を撫で下ろす。

そのまま新兵衛たちは上方口を出た。そこにも千人溜があり、旅の通行人たちが三十人ほど待っていた。

「これ、もう泣くな。すんだことだ」

「だって意地の悪いことをされたんです。髷《まげ》のなかをかきまわされ、腕をつねられたんですよ」

新兵衛は声のほうを見た。十六、七に見える愛らしい娘がしくしく泣いて、年寄りに宥《なだ》められている。そのそばには十八、九の若い男がついていて戸惑い顔をしていた。三人とも旅装束である。

「きっと相手の機嫌が悪かったんだろう。お千津《ちづ》、もう泣かなくていい。涙を拭きなさい」

年寄りはそう言って自分の手拭いで娘の涙を拭いた。

新兵衛はなにがあったのか気になったが、お千津といわれた娘を眺めつつ足を進めた。

「関所破りだ！　関所破りだ！」

緊迫した声が聞こえてきたのは千人溜を過ぎてすぐのことだった。新兵衛が振り返ると、槍を持った二人の足軽が、遠見番所からすっ飛ぶように駆け下りてきて面番所の建物に飛び込んでいった。

「関所破り……」

新兵衛がつぶやけば、

「いったいどんな野郎が……」

と、稲妻が面番所を眺めて言う。

「関所破りなんて悪人のすることですよ。まさか、これから先に逃げてるんじゃないでしょうね。捕まればいいですね。鶴亀鶴亀……」

和助がこわばった顔で言う。

「誰が関所破りをしたか知らねえが、おれたちには関わりのねえことだ。さあ行こう」

新兵衛はそう言って、箱根宿へ歩きだした。

三

箱根の急坂を上り、関所を無事に通ったはいいが、さすがに足がくたびれていた。箱根宿に入ると、店の女や男たちが旅人と見ればさかんに声をかけてくる。

「お休みなさぁいまーし。下り諸白《もろはく》ございまーす」

「餅をおあがりやーし」

「一膳飯をおあがりやーし」

呼び込みの声はうるさいほどだが、

「若旦那、少し休みましょ。上方の酒も餅もあるようです。つぎの宿まで腹が持つように餅はいかがざんしょ。暑くて汗もかいておりやす。休みましょう」

休みたいとせがむ和助もうるさい。

「ああ、ちょいと休もう」

新兵衛はすぐそばの茶屋の床几《しょうぎ》に腰を下ろした。三人で茶を飲み、餅と饅頭《まんじゅう》を注文した。

「小腹が空いておりますからね。あれ、稲妻さんは饅頭を三つも食べるんでございますか」

餅を頬張っている和助が稲妻を見てあきれる。

体が大きくいかつい顔をしている稲妻は大食漢《たいしょくかん》だ。

「あとふたつは食えるが、まあ先は長い。この辺にしておく」

稲妻はそう言って饅頭をぱくりと平らげる。

「この宿場はさほど大きくはないが、賑わっているな」

新兵衛は通りを眺めて感心する。

小さな宿場だが、旅籠もあれば食べ物屋や土産屋もある。反対側の茶屋には、関所を出たところで泣いていた娘が、年寄りと若い男と休んでいた。

(なんでさっきは泣いていたんだろう……)

新兵衛は娘を眺めて思い、この店には諸白があると言ったなと、小女《こおんな》に声をかけた。

「ありますよ。お持ちしますか」

「ああ、持ってきてくれ。漬物でもなんでもいいからちょっとした肴《さかな》を添えてくれればありがたい」

店の小女は「はい、はい」と軽い返事をして奥に消えた。稲妻も酒なら自分も飲みたいと言うので、奥に声をかけて注文をしてやる。

小女はぐい呑みに入った冷や酒をふたつ運んできた。赤唐辛子をまぶしたきんぴら牛蒡《ごぼう》を添えてくれたのはありがたい。

「まだ日は高い。今日のうちに沼津まで行けそうであるな」

稲妻がぐい呑みを口に運んで言う。

「朝早く出たのがようございました」

新兵衛はきんぴらをつまんで酒に口をつける。目の前を旅人が忙しそうに行き交っているが、空にはのんびりと弧を描くように飛んでいる鳶の姿がある。

「ここから三島まではいかほどだ？」

「三里二十八町です。三島から沼津まで一里半ほど」

新兵衛は昨夜、旅籠でその下調べをしていた。

「都合五里ほどか……。少し遠いな」

「この先の峠を越えれば、あとは下りです。さっさとまいりましょう」

「そんなに急いでいかがする？　急ぐ旅ではあるまいし。五里といえばかなりの道程だ」

「まあ、そうではありますが……」

新兵衛はせっかちな男ではないが、こうと決めたら考えを曲げたくない。沼津まで行くと決めたからには、どうしても行きたいのだ。もっとも急いで行く必要はないというのはわかっている。

「急ぐなら駕籠《かご》はどうです」

ふいの声がそばでしたので見ると、腹掛け半纏《ばんてん》に捻《ねじ》り鉢巻《はちま》きをした駕籠舁《か》きだった。口のまわりに無精ひげを生やした顔をにやつかせていた。

「安くまけておきますぜ」

「駕籠はいらねえな」

新兵衛があっさり断ると、駕籠舁きはちっと舌打ちをして去った。そっちを見ると他にも二人の駕籠舁きがいた。ひとりは地べたに茣蓙《ござ》を敷いて寝転がっており、もうひとりは渋紙《しぶがみ》を羽織って竹煙管《たけきせる》をくゆらしていた。

「関所破りはどうなったんでしょうね。捕まっていればいいですね」

通りを眺めていた和助が新兵衛を振り返った。

「関所破りは磔《はりつけ》だ。それがわかっておれば死に物狂いで逃げておるだろう」

稲妻がきんぴらを口のなかに放る。

「捕まらなかったらどうなるんです？」

和助が目を大きくして稲妻を見る。

「そりゃ逃げるだけだ。されど、三島方面に逃げておれば代官所が動く。小田原方面なら小田原奉行所が動く。それだけだ」

「重罪覚悟で関所破りをするんですから、脛《すね》に傷持ってるかも知れませんよ。人殺しってこともあるかも。おお怖ろしや……」

和助はぶるっと肩をふるわせる。

「まあ、面倒事には関わりたくないものだ」

まったくだとうなずく新兵衛は、稲妻の横顔を眺めた。用心棒に雇っているが、果たして剣の腕がいかほどのものかいまだにわからない。体も大きくいかつい顔をしているので、一見頼もしいのだが、じつは腰の大小は竹光《たけみつ》だった。

それを知り、新兵衛は安い刀を買い与えてやったが、剣術家になるという志《こころざし》があるのに、腰に竹光を差していたのが疑問として残っている。しかし、侍がいっしょだといくらか心強いというのはたしかだ。

太鼓持ちの和助ではどうにも頼りなさすぎるからなおのことである。強い弱いは別にして侍がいれば少しの魔除けにはなる。

「さて、そろそろ行こうか」

新兵衛は酒をほして勘定をした。

そのまま宿場を抜けて三島へ向かう。まだ日は高い。高いが雲行きがあやしくなっていた。まさか雨に祟られないだろうなと、心なし心配しながら歩く。

「ひゃあ、また峠でやんすね」

箱根峠に差しかかったとき、和助がげんなりした顔を向けてくる。

「和助、ここの峠は短いはずだ。越えればあとは下りだ。文句を言うな」

「へえへえ、早く下りになるのを祈って上りましょう。えっちらほい、えっちらほい」

上り坂は湯本から関所までに比べると、さほど難所ではなかった。峠を越えるとゆるやかな下り坂となり、曇り空の下に視界が広がった。

「三島はあの辺であろうか……」

稲妻が立ち止まって一方に目を向けた。新兵衛も眼下に広がる景色を眺めた。と、そのときだった。往還《おうかん》の脇から飛びだしてきた二人の男がいた。旅装束の侍であるが、荷物は持っていない。その二人が新兵衛たちに気づいて少し驚き、そして目を険しくした。

「おめえさんら、どこまで行く？」

頰のこけた痩せた男が声をかけてきた。もうひとりは中肉中背で目つきが悪い。

「沼津だ」

稲妻が答えた。すると二人の男は互いの顔を見比べてから、

「おれたちゃ三島へ行く途中だが、ちょいと困ったことがあってな」

と、顎をさすりながら痩せた男が近づいてきた。

四

「じつは路銀を入れていた持ち物を盗まれちまったんだ」

痩せた男はそう言って新兵衛たちを品定めするように眺める。

「だからどうしたと言う。わしらには関わりのないことだ」

稲妻が答えた。

「旅は情け人は心と言うじゃねえか。文無しになった旅人に、そのちっとだけ情けをかけてくれまいか」

相手はこのとおりだと、拝むように手を合わせる。

稲妻は少し戸惑ったのか、新兵衛に顔を向けてきた。

「こう言っているが、いかがする？」

聞かれた新兵衛の横から、和助が「若旦那、関所破りかもしれませんよ」と、囁《ささや》く。

「情けをかけたいのはやまやまですが、おれたちは貧乏旅なので申しわけありません」

新兵衛が答えると、痩せた男の目が険しくなった。

「ずいぶん冷てぇことを言いやがる。おれたちゃ腹が減ってんだ。このまま行き倒れちまったら、他の旅人に迷惑をかけることになる。そこのところを考え、飯代ぐれえなら恵んでもらえると思い、恥を忍んで頼んでるんだ。それをむげに断るとはあんまりじゃねえか」

「おぬしらの持ち物を盗んだのはどこのどいつだ。相手のことはわかっておらぬのか」

稲妻が聞いた。

「枕探しにあったんだ。相手のことはわからねえ」

「見当もつかぬと……」

「野宿をして寝込んでいるときだったから、どうにもわからぬのだ」

「三島に行くと申したな。三島ならさほど遠くではない」

「そうは言うが、三里ほどある。結構な道程だ。金を盗まれたんで昨夜からなにも食ってねえんだ。物乞いなんぞしたかぁねえが、背に腹は代えられぬ」

「おい、これだけ頼んでいるのに断ると申すなら身ぐるみ剝いでやろうか」

それまで黙っていたもうひとりの男が進み出てきて、新兵衛らをにらみ据えた。

「追い剝ぎですよ。若旦那、どうします……」

和助が新兵衛の腕をつかんでつぶやく。新兵衛は考えた。飯代ぐらい恵んでもいいが、相手が剣呑《けんのん》なのでその気にならない。だからといって、二人の男はおとなしく通してくれそうにない。

「わかりました。ならば、腕試しをしてもらいましょう」

「腕試し……？」

痩せた男が眉宇《びう》をひそめて新兵衛を見た。

「お侍らのお腰のものは伊達ではないでしょう。ここにいらっしゃる稲妻さんと勝負してもらい、勝ったらお侍様のお望みを聞くことにします。それでいかがです」

新兵衛の提案に二人の侍は互いの顔を見合わせた。稲妻は少し慌てた素振りを見せ、

「若旦那、斬り合いをやれと言うのか……」

新兵衛はいいえと首を振り、

「血を見るのは嫌いです。その辺の木を切り、間に合わせの木刀を作って勝負してください」

新兵衛がそう言えば、

「よし、わかった。やってやろう」

と、痩せた男が答えた。

新兵衛は藪《やぶ》のなかに入り、道中差《どうちゅうざし》を使って適当な枝を切り、間に合わせの木刀を拵《こしら》えて往還に戻った。作った木刀は二本である。

「一本勝負でお願いします。お名前を聞かせていただけますか。わたしは新兵衛、これにいるのは和助、そしてこちらは無外流《むがいりゅう》の達人稲妻五郎さんです」

「なに、無外流の達人……」

痩せた男が大きく眉を動かして連れの男を見た。

「おまえがやれ」

と、連れの男は瘦せた男に言い、それから二人は名乗った。瘦せた男は久田常二郎《ひさだつねじろう》。中肉中背の男は政田利右衛門《まさだとしえもん》といった。稲妻の相手は久田常二郎だ。

「では、はじめてもらいましょうか……」

新兵衛は稲妻と久田を見た。二人がわたされた木刀を手に対峙する。

「若旦那、稲妻さんが負けたら身ぐるみ剝がれやしませんかね」

和助が心配そうな顔を向けてくる。新兵衛は余裕の笑みを浮かべて、

「まあ、勝負は時の運だ」

と、言葉を返した。

「さあっ」

稲妻が木刀を正眼《せいがん》に構えた。対する久田常二郎は中段から上段に木刀を移し、稲妻の右にゆっくりまわり込む。

新兵衛はいささか稲妻の剣の腕に懐疑的なので、その実力がいかほどのものかわかると考えていた。

曇天《どんてん》の下で二人の男が木刀を構えてにらみ合っている。稲妻は久田より三寸ほ

ど背が高いし、体もひとまわり大きい。久田は昨夜からなにも食べていないと言った。

対する稲妻は小田原の宿で作ってもらったにぎり飯を五個も平らげ、さっきは饅頭も食べている。

久田が突きを送り込んで胴を抜きにいった。稲妻は軽くすりかわし、上段から久田の面を打ちにいく。しかし、体をひねってかわされ、小手を打ち込まれた。

久田の木刀はわずかのところで届かなかったが、少しも慌てずに間合いを取って稲妻に正対する。

さほど動いていないのに、稲妻の頰を汗がつたっていた。久田がじりじりと間合いを詰めていく。稲妻は怖れたようにあとじさる。

「久田様が強いのでは……」

和助がつぶやく。新兵衛もそう思った。だが、勝負はわからない。

「おりゃ！」

久田が気合い一閃、地を蹴って打ち込んでいった。上段からの唐竹割《からたけわ》りである。稲妻は半歩足を引き、久田の斬撃を撥《は》ね返した。

バキッ。

鈍い音がして、久田の木刀が折れた。久田ははっと目をまるくして下がったが、そのとき稲妻の一撃が相手の肩口をとらえていた。

「そこまで。稲妻さんの勝ちです」

新兵衛が力強く声を張った。

五

「くっ……」

負けた久田は悔しそうに唇を噛んだ。

「くそ、こうなったからには……」

勝負を見守っていた政田利右衛門がすらりと刀を抜いた。ひゃあと、和助が慌てる。

「お待ちください」

新兵衛は政田を見て言った。

「いいものを見せていただきました。そのお礼にお望みの路銀を少しばかりおわたしします」

「なに……」

政田は抜いた刀を下げた。

「先ほど飯代とおっしゃいましたが、小粒（一分）を差しあげます。それで納得していただけませんか」

政田は久田を見た。それでいいだろうと、久田がうなずく。案外欲のない二人だ。

金をわたすと政田と久田は機嫌をよくし、自分たちのことを話した。

二人は三島の郷士《ごうし》で、剣術修行のために小田原城下の道場に行ったのだが、道場主に受け入れてもらえず、しかたなく三島へ引き返している途中だった。

ところが箱根関所の手前にある畑宿でひと休みついでに居眠りをした。そのとき、金の入っている手荷物を盗まれたのだった。

「金ばかりではない。往来手形も盗まれちまってな。それで弱っていたのだ」

久田が情けない顔をして話した。

「もしや、関所破りをされたのでは……」

和助が驚いた顔で久田と政田を見た。

「足止めを食ったら三島には戻れぬからな」

やはりそうだったのだ。

「見つかったら大変ですよ」

新兵衛は久田を見た。

「見つかってはおらぬ。ここまでくれば案ずることはない。されど、このこと他言無用に願う」

「おれたちの口は固いですから」

新兵衛はしれっとした顔で答えた。話をすれば、久田も政田も人の好い男のようだ。極悪人でなくてよかったと、新兵衛は胸を撫で下ろす。

その二人とは少し先にある山中《やまなか》という間の宿で別れた。山中はちょっとした立場で、茶屋の他に焼き豆腐や団子を売る店があった。

別れ際に久田が、ここから三島まで二里ほどだと教えてくれた。

「若旦那、とんだ道草を食ってしまったが、どうしても沼津まで行くのか？」

稲妻が歩きながら顔を向けてくる。

新兵衛は空を眺める。鼠色《ねずみいろ》の雲が広がっている。雨が降るかもしれない。そのことを考えると、急いで沼津まで行くのは控えたほうがいいかもしれない。三島まで二里。さらに沼津まで一里半。

「天気が悪いんで三島に泊まりましょう」

新兵衛が答えると、和助がうきうきした顔を向けてきた。

「若旦那、急ぐ旅じゃないんです。のんびり行きましょう。なによりのんびりがようございます。あたしゃ、もう足が棒になっています。ちょいと按摩《あんま》なんぞ呼んで揉んでもらいたいもんです」

「まあ、好きにしやがれ……」

「それにしても稲妻さんは見事でございました。まさか負けるとは思っていませんでしたが、やっぱりお勝ちになった。さすが稲妻ゴロゴロ五郎様です。相手の打ち込みを頭の上ではっしと受けるなり、すかさず一本取られたのですからね。鮮やかなお手並みでございました。それに、いいものを見せてもらったと言って、心付けをわたされた若旦那にも感心いたしやした。あーよかったよかった、めでたしめでたし……」

口の減らない和助であるが、新兵衛は稲妻が負けないように小細工をしていた。手製の木刀を作ったが、稲妻には折れそうにない若木《わかぎ》を選び、久田常二郎には折れやすそうな木を選んで木刀をわたしていた。

案の定、久田の木刀は折れた。そのことで動揺した久田に隙ができ、稲妻は勝ちをものにした。もし、同じ若木で作った木刀を久田にわたしたら勝負はどうなったかわからない。

だが、稲妻は勝ったことで少し自信を持ったはずだ。それも新兵衛の計算に入っていた。

三島宿に入ると早速「池田屋《いけだや》」という旅籠に草鞋を脱いだ。旅籠は二階建ての造りで、二階が泊まり客の部屋になっていた。

「まあまあよい宿ではないか」

稲妻が羽織を脱いでくつろげば、和助は窓から身を乗り出して表を眺める。日は西に傾いているが、まだ日の暮れまでには間があった。

「若旦那、あたしゃちょいとぶらりと町を歩いてきやす」

「夕餉《ゆうげ》までには間があるだろうが、遅くなるんじゃねえよ」

和助が出て行くと、女中が宿帳を持ってきたので、稲妻は早速酒を注文した。

「ここは平宿かい……」

新兵衛は宿帳を書きながら女中を見た。十七、八の娘だった。

「そうですよ。ですが番頭さんに話をすれば都合はつきますけど……」

女中ははにかんだ顔で言う。この宿には飯盛《めしも》りはいないが、呼ぶことはできるようだ。

「瞽女《ごぜ》がいるという話を聞いているが……」

「へえ、います。瞽女さんも呼ぶことはできますが……」

女中はどうされますという顔を向けてくる。

「まあ聞いただけだ」

宿帳をわたして、先に酒を持ってきてくれと頼んだ。

ちょっとした肴を添えた酒が運ばれてくると、新兵衛と稲妻は互いに酌をしあって盃を口に運んだ。

「それでどこまで行くんだ？　このまま京まで行く気か……」

稲妻が聞いてくる。

「そのつもりです。途中でおもしろい町があれば、そこでしばらく休んでもいいです」

「おもしろい町というのはどんなことだ？」

「それは江戸にないものがある町ってことでしょうか……」

「ふむ、おぬしは商売人だから、そんなことを考えるのだろうな」

酒を飲みながら他愛ない話をしていると、和助が戻ってきた。

「なにかおもしろいものでもあったか？」

新兵衛は和助に聞いた。

「これといってありませんでした。宿場はどこも同じようなものです。大きな神社はありましたが……」

「神社もめずらしくはないだろう」

「ま、そうでございますね。白犬はいましたが……」

「なんだその犬は？」

稲妻が真顔を和助に向ける。

「白犬は尾も白うございます。だからおもしろい」

和助はそう言ってワハハと笑う。新兵衛と稲妻は白ける。

「和助、先に風呂に入ってきな。おれも酒を飲んだらひと汗流そう」

新兵衛はそう言って暮れはじめた表を眺めた。

雨が降りそうな気配があったが、どうやら天気の崩れはなさそうだ。

一合の酒を飲むと、手拭いを持って風呂場に向かった。湯殿は一階にあり、のんびり湯に浸かってその日の疲れを癒《い》やした。窓の外に見える空が暗くなっていた。

湯を掬い顔を洗ってまた表に目を向け、父親の新右衛門《しんえもん》と母親のおようの顔を脳裏に浮かべた。江戸を発って五日もたっていないが、なんだかずいぶん顔を見ていない気がする。

商売はうまくいっているだろうかと、心の片隅で思う。小泉屋は御蔵前でも大きな札差だ。おいそれと潰れるような店ではないが、幕府が締めつけるようなことを言っているらしい。

詳しいことは聞いていないが、札旦那と呼ばれる旗本・御家人が札差から借りている借金の利息をただにし、返済金を年賦《ねんぷ》割りにする話があるという。

そんなことになれば、札差業は大打撃を受けるばかりでなく、潰れる店が出てもおかしくはない。

(そんな馬鹿な……)

と、新兵衛は思いもするが、最悪の事態を見越し、小泉屋の将来を考えておかなければならない。札差業が立ち行かなくなったら、商売替えは必須だ。

新兵衛は小泉屋の放蕩《ほうとう》息子だが、店の跡取りでもある。親には商売のための修行旅だと便のいいことを言っているが、満更嘘《まんざら》でもない。

もっとも江戸にいて茶屋遊びや廓《くるわ》遊びに飽きたということもあるが、旅をしながらいい知恵を見出そうと考えている。新兵衛はちゃらんぽらんな面もあるが、意外と真面目なのだ。

湯からあがって二階の客間に行く階段で、若い娘と出会った。新兵衛が右へ避けようとすると、娘がそっちに来る。それで左へ移ると、娘も左へ動くので、どちらからともなく笑った。

「どうぞ、おれはここにいるんで、先に下りるといいよ」

新兵衛が笑って道を譲ると、娘は「はい」と小さく会釈をして下りていった。見送った新兵衛が「もしや」と声をかけると、娘は階段の下から見あげてきた。

「箱根関所で揉め事でもあったかな。なにやら困っているようだったが……」

娘は「あ」と小さく開けた口を片手で塞いだ。

「まさかご覧になってらしたので……」

「いやなにも見ておらぬが、連れの年寄りに泣きついていただろう。困ったことでもあったのかな？」

娘は視線を彷徨《さまよ》わせて、

「関所改めに意地の悪いことをされたのです。それで悔しくて……」

と言ったので、新兵衛は納得した。関所の人見女《ひとみおんな》に手荒い扱いを受けたのだと。

「出女《でおんな》は厳しくするらしいからな。あ、おれは江戸から来たんだ。御蔵前の小泉屋という店の者で新兵衛と言う」

「それじゃ近いです。わたしたちは明神下《みょうじんした》から来たのです。千津と申します」

名乗った娘はちょこんとお辞儀をすると、そのまま帳場のほうへ去った。

「なにかおもしろいことはないか？　白い犬の尻尾ではないやつだ」

部屋に戻ると、稲妻が和助にそんなことを言っていた。

「おもしろいかどうかわかりませんが、瞽女さんの芸を見たいもんでございます。なんでも三味線《しゃみせん》を弾きながら歌うらしいんです。目が悪いのに器用に三味線を弾くと言います」

「そりゃちょいと見たいもんだ。呼べば来るのか？」

「宿の主に聞いてみましょうか？」

「瞽女もいいが、明神下から来ている娘がいた」

新兵衛は手拭いを衣紋《えもん》掛けにかけて腰を据えた。

「そりゃ近所でござんすね。娘というからには、まだ若いんでございましょう」

「十六、七かな。関所で人見女に手荒い扱いを受けて泣いていたんだ。年寄りと若い小僧を連れている。どこへ行くのか知らねえが、可愛い娘だ」

「まさか若旦那、その子にほっほっほーの一目惚れしたんじゃないでしょうね」

新兵衛は茶化す和助の頭を引っぱたいて、

「下へ行って酒をもらってこい」

と、言いつけた。

六

そこは明神下のとある出会い茶屋の一室だった。

新兵衛の母親おようは、薄い肌襦袢《はだじゅばん》一枚というなりで足を崩し、乱れた髪を直していた。

部屋のなかには淫靡《いんび》な空気が充満しており、清三郎《せいざぶろう》が片膝を立てて煙管をくゆらしていた。おようは櫛《くし》で髪を直しながら、清三郎を見た。行灯《あんどん》のあかりが清三郎のはだけた体にあたっている。

「なにを考えているんです？」

ぷかりと紫煙《しえん》を吐いた清三郎が見てきた。

「いろいろよ。頭の痛いことばかり……」

「どんなことです？」

清三郎が体を向けてきた。

「じつはね、わたしと清さんのことをうちの新兵衛が知っているのよ」

「えっ……」

清三郎は目をしばたたいた。

「嘘じゃないわ。だから清さんとはこれまでよりもっと忍び会うようにしないと」

「いつどこで、どうやって知られたんです」

「わからないわ。あの子が旅に出ている間はいいけど、戻ってきたら気持ちが落ち着かないのよ。清さんとの仲をうちの亭主が知ったらどうなるかと脅され、それで路銀をねだられているのよ」

「ちょ、ちょっとまずいのではありませんか。わたしとおかみさんとの仲は、誰も知らないはずなんですけどね。知られないように気を配ってきたではありませんか。それなのに若旦那に……」

「新兵衛はどうにもしようのない子だけど、隅に置けない倅《せがれ》なのよ。でもね、知られてしまったことはしかたないわ。うちの亭主に知られたらそれこそまずいけれど、これからは注意しなきゃならない。だから、清さんの家に行くのは控えるわ」

　おようはときどき清三郎の家に足を運んで密会していた。

「そういうことだったら、たしかにわたしの家に来るのはまずいです。しかし……。若旦那はいま旅に出ているのでしたね」

「いま頃どこにいるかわからないけど、きっと楽しくやっているでしょう。口では店の先行きを考えて、商いのための修行をすると言っているけど、きっと気楽な遊山《ゆさん》旅だと思うの。でも、それはそれでいいの。あの子がそばにいると、いつも見張られている気がしてならないのよ」

「若旦那はいつお戻りで……」

「わからないわ。店の跡取りだから真面目に商売に精を出してほしいけど、店にいるとわたしが落ち着かなくてねえ」

　およウは膝をすって清三郎に近づくと、裸の胸に頬をあてた。

「こうやって清さんといるときが、わたしは一番落ち着くわ」

「それはわたしも同じですけど、若旦那に知られていたなんて……」

「でも、あの子は目をつぶってくれている。他に漏らすこともないはず」

「まことに……」

「わたし、口止め料をわたしているのよ」

「そんなことを……」

「このこと清さんに話すべきかどうか迷っていたんだけれど、やはり承知してもらっていたほうがよいと思って。だからといって清さんと別れるつもりはありませんからね」

およようはそう言うなり顔をあげて、清三郎の口を短く吸い、

「捨てたりしたらいやよ」

と、甘えたように肩を揺すった。

身繕《みづくろ》いをして出会い茶屋を出たのは、それから間もなくのことだった。すでに町は夜の帳《とばり》に包まれていて、提灯《ちょうちん》を持って歩く人の姿があった。

さっきまでいた店の前で、およようは清三郎と右と左に別れて家路を辿った。心地よい夜風がおようの頰を撫でていく。

もっとも過ごしやすいのがこの季節だ。清三郎と一時の情事のあとなので気持ちがほぐれていた。

それに、亭主の新右衛門は今夜は向島《むこうじま》の寮に行っている。いま頃はお紋《もん》という囲い女と楽しんでいるはずだ。新兵衛がいないと気が楽になるが、亭主もいな

いとなお気が楽になる。

神田川《かんだがわ》の河岸道《かしみち》を辿り、浅草瓦町《かわらまち》の角を曲がり御蔵前の通り（日光道中《にっこうどうちゅう》）に出る。通行人は昼間より格段に少ない。ところどころにある居酒屋や小料理屋から、酔った客の笑い声が漏れてくる。

浅草森田町の店の前まで来ると、一度大きく息を吸って吐き、潜り戸《くぐりど》から店に入った。

「どこに行っていたんだい」

茶の間に行くと、なんと亭主の新右衛門が晩酌をしていた。

「あれ、向島じゃなかったのですか……」

「明日の朝、早いうちに寄合があるんで戻ってきたんだ」

「そうですか」

おようはがっかりした。妾《めかけ》を囲っている向島の寮に行く亭主を妬むこともあるが、今夜は清三郎と会ったばかりなので、その余韻を壊されたくなかった。

「どうだ、一杯付き合うか？」

なにも知らない新右衛門が徳利《とつくり》を掲げた。

「いいえ、友達に会ってきたばかりでちょいと疲れたので、早く休みますわ」

およはそう言って、さっさと自分の部屋に向かった。

七

寺の鐘がかすかに響き、背戸《せど》で鳴く犬の遠吠えを聞きながら、新兵衛はうつらうつらと眠ろうとするが、稲妻の高鼾《たかいびき》が睡眠の邪魔をする。

布団を剝いで半身を起こせば、和助が腹をさらけ出したまま大の字になって寝息を立てている。

(いい気なもんだ)

新兵衛はあきれて首を振り、窓を開けて表をのぞいた。夜空はいつしか晴れたらしく、きらきらした星がいくつも見えるようになっていた。

やれ飯盛りを呼ぼうか、やれ瞽女を呼ぼうかと話しながら酒を飲んでいたら、いつの間にかその気が失せ、三人は川の字になって寝込んでいた。無理もない小田原から険しい箱根八里をやってきたので疲れているのだ。

窓を閉めようとしたとき、新兵衛は下の往還に黒い影が動いているのを見た。

(なんだ)

目を凝《こ》らすと人のようである。いや人だった。その黒い影はすぐに見えなくなったが、この旅籠に入ったような気がした。

(旅籠の者か……)

泊まっている池田屋の一階には、主家族と女中や奉公人の部屋・台所・風呂・帳場・広座敷がある。客間は二階となっているのはわかっていた。

やはり宿の者だろうと思い、また夜具《やぐ》に寝転がった。いつしか稲妻の鼾が止んでいたので、新兵衛はようやく眠りにつくことができた。

「朝でやんす。若旦那、見てください。ここから富士山が見えます。江戸から見る富士より大きゅうございます」

寝ぼけ眼で半身を起こした新兵衛に、和助がさかんに教える。

「今日は朝から縁起がよろしゅうございます。一富士二鷹三茄子《なすび》とは言いますが、ここは一富士二鳶に山葵《わさび》あたりでございましょうか……」

「朝っぱらからうるさい野郎だ。静かにしやがれ」

新兵衛に苦言を呈された和助は、

「はいはい静かにしやす。この口は閉じておきましょう」

と、自分の口を両手で塞ぐ。

顔を洗い、一階の広座敷に行くと、朝餉の膳が調えてあった。客は順番に席につき、給仕をする女中から飯と豆腐の味噌汁をもらう。膳に載っているのは焼いた鯵《あじ》の開き・浅蜊《あさり》のむきみ・香の物。旅の朝食にしては悪いほうではない。

「相変わらず稲妻さんは食いっぷりがようございますね。がつがつとよくそんなに入るもんでございます」

和助が稲妻の食べっぷりを見て言う。

「稲妻さんの腹は底なしなのだ」

新兵衛は和助に応じて味噌汁をすする。そこへ、昨夜、階段ですれ違った千津がやってきて、おはようございますと挨拶をした。新兵衛も挨拶を返し、

「出立は何刻だい？」

「はい、朝餉をいただいたら発ちます」

千津は女中から飯碗を受け取り、手を合わせて箸を持った。礼儀正しいのは親の躾《しつけ》がよいのだろう。その隣に年寄りが来て座り、つづいて若い小僧が席についた。

「おじいさん、この方御蔵前から見えているのですよ」

千津が新兵衛を紹介した。

「ほう、御蔵前でございますか。うちは明神下なので近《ちこ》うございますね。御蔵前

と言えば、札差かなにかご商売を……」

「あたりです。小泉屋という店です」

「手前どもは明神下で千歳屋《ちとせや》という小さな履物屋をやっております。そうは申しましてもわたしは隠居の身でございます。これは茂吉《もきち》という店の小僧で、わたしは七兵衛《しちべえ》と申します」

そう名乗った七兵衛は六十齢の年頃で痩身《そうしん》だが、矍鑠《かくしやく》としている。茂吉はぺこりと頭を下げて飯に取りかかった。

「どこへいらっしゃるのです？」

「お伊勢様までまいります」

「お伊勢参りですか……いいですね」

「お札をもらいに行くんです。この子の父親が、わけのわからない病にかかり床に臥《ふ》せっておりましてね。その父親が、お伊勢様のお札をほしがっているのです。その父親というのはわたしの倅なんですが……」

「おとっつぁんの病を治すには薬は効かない、お伊勢様のお札が効くと祈禱師《きとうし》に言われたのです。おっかさんはおとっつぁんの看病があるので、わたしが代わりにもらいにまいるのです」

千津が言葉を添えた。

「そりゃあ大変な旅だ。早く行ってお札をもらい、早く帰ってやらなきゃならねえな」

「はい。でも、長旅ですし、女の足ですし、おじいさんも年ですからゆっくりです」

「無理をして身体を壊すよりはそのほうがいいだろう」

新兵衛が飯を頬張ると、千津がどこへ行くのだと聞いてきた。

「京へ行くところだけど、まあおれたちも急ぐ旅じゃないのでゆっくりだよ」

新兵衛はそう言って千津たちに稲妻と和助を紹介した。

そんなやり取りをしていると、客と女中が廊下を慌ただしく行き来し、宿の主が食事をしている座敷に飛び込んできた。

「皆様、お食事のときにお騒がせします。じつは護摩《ごま》の灰が出たんでございますが、どなたかお気づきの方はいらっしゃいませんか」

店の主はそう言って食事をしている十二、三人の客を眺めた。

「護摩の灰……なんだそりゃ？」

稲妻が疑問を口にすると、七兵衛が教えてくれた。

「護摩の灰というのは泥棒のことです」

「泥棒……」

稲妻が目をしばたたくと、ひとりの客が主の横に立ち、

「わたしの財布の金が盗まれ、代わりに石ころが入れてあったんです。あの金がないとこの先旅をつづけることができないので弱りました。どなたか盗人を見た人はいらっしゃいませんか」

と、青い顔で訴えるように言った。

第二章　護摩の灰

一

「財布にはいかほど入っていたのだ？」

稲妻が問うた。

「七両と少々です」

大金である。

「そりゃあただごとではないな」

「ともあれ、財布を探さなければなりませんが、どなたか泥棒に気づいた方はいらっしゃらないでしょうか？」

池田屋の主が座敷にいる者たちを眺めながら問うた。客は互いの顔を見交わして宿の主に視線を戻す。

金を盗まれた客は辰吉《たつきち》という薬と枕絵を売る旅商人で、道助《みちすけ》という連れがいた。

久蔵《ひさぞう》という池田屋の主は、早立ちをした客を調べることはできないので、出立前の泊まり客を調べたいと言う。

それなら早くしてくれと不平を口にする客もいれば、自分たちが疑われるなんて心外だと口をとがらす者もいた。

「まあ、困っておるのだ。調べに応じてやればよかろう。不満を口にする者はあやしいと疑われるやもしれぬ」

すでに三杯の飯を平らげている稲妻が客たちを窘《たしな》めて、辰吉に仔細を話せと促した。

辰吉は昨夜夕餉のあと、連れの道助と酒を三合ほど飲んで寝たらしい。今朝起きて出立の支度にかかり、財布が妙にふくらんでいるので開けてみると、そこには金ではなく小石が詰めてあった。

「すると、おぬしらが寝たあとで誰かが、おぬしらの客間に入り込んで金を盗み、代わりに小石を財布に入れたということか」

話を聞いた稲妻が腕を組む。

「あの金がないと、商いができなくなり困ります」

辰吉は弱り切った顔でうなだれる。おとなしげな気の弱そうな男だ。道助という連れは二十代半ばだろうか、これも丸顔で人のよさそうな顔をしていた。

「寝たのは何刻頃だ？」

いつの間にか稲妻がこの調べの主導権をにぎっていた。

「はっきりとはわかりませんが、五つ（午後八時）の鐘《かね》は聞いておりますんで、その頃です」

「辰吉はさように申しておる。昨夜、辰吉の客間に出入りした者はおらぬか？もしくは辰吉の客間に入ったものを見た者は？」

稲妻はいかつい顔をみんなに向ける。座敷には食事をしていた者の他に、出立間際に止められた客が十八人。そして宿の主と女中の五人が集まっていた。

稲妻は客にあやしい人影を見なかったかと問うが、誰もが首を横に振った。しかし、おていという女中が厠《かわや》に行ったときに、階段を上る人影を見たと言った。

「それは何刻頃だ？」

「あれは四つ（午後十時）の鐘を聞いたあとでした。小半刻はたっていなかったと思います」

黙ってやり取りを見守っていた新兵衛は、もしやと思った。昨夜、稲妻の鼾で寝つけないとき表を眺めた。あのとき鐘音を聞いた。

（あれは四つの鐘だった）

そのとき、往還に黒い人影を見た。顔は見えなかったが、着物を尻端折《しりはしょ》りして手拭いを被っていた。

「それは男か女か？」

稲妻はおていに問う。

「男の人でした。棒縞《ぼうじま》の着物を尻端折りしていました。お客様には見えなかったので、おかしいなと思ったんですけど……」

「他にあやしいやつを見た者はおらぬか？」

稲妻は集まっている者たちを眺める。新兵衛は口を挟もうと思ったが、自分が見た男の特徴ははっきりしない。だが、黙っていることはできない。

「ひょっとするとおれも見たかもしれぬ。顔や身なりははっきりしないが、問屋《とい》場《ば》のほうから歩いてきて、この宿に消えたように見えた」

とたん、稲妻が太い眉を動かした。

「すると客ではなく、この宿場の者が護摩の灰だったかもしれぬな」

「それが誰かわかりませんかね。あの金がないと商売もできないし、家に帰ることもできません。はあ、弱った弱った」

辰吉はうなだれる。

「盗人を見つけるのは少々難儀しそうだ。よし、辰吉はこのように困っておる。旅は情け人は心と申す。気持ちだけでよいから、辰吉に喜捨《きしゃ》をしてやったらどうであろうか」

稲妻は思いきったことを言った。

「辰吉、おぬしの家はどこだ?」

「伊豆《いず》でございます。伊豆の下田《しもだ》でございます」

「いかほどかかるのだ? 遠いのか?」

「三島からですと十七里あまりでしょうか……」

すると二日はかかる計算だ。

「では、わたしは一朱出しましょう。早く出立しとうございますから」

ひとりの客がそう言えば、わたしもおれもとみんなが持ち金を出した。五百文だったり、一分だったりとまちまちだが、それでも三両ほどの金が集まった。

辰吉と道助は畳に額を擦りつけて礼を言った。

「稲妻さん、なかなかの仕切りでございましたね。あたしは感心いたしやした。稲妻さんがなんだかえらい人に思えましたよ」

客間に帰るなり和助が稲妻に感心顔を向けた。

「ああいうときには誰かが差配しなければならぬ。ただ、それをやっただけだ」

「さすがでございます。稲妻五郎さんの名があがりましたね。ついているあたしも天狗《てんぐ》にはなりませんが、なんだか鼻が高《たこ》うなりました」

「さほどのことではない、あたりまえのことをしただけだ」

謙遜する稲妻は柄にもなく照れる。

そこへ、辰吉と道助が訪ねてきた。お陰様で助かりましたと言い、

「お礼と言ってはおこがましゅうございますが、これをお受け取りいただけませんか」

と、紙包みを差しだした。なんだと稲妻が問えば、

「手前どもが売り歩いている薬でございます。熊胆《くまのい》をまぶしてあります〝万根丹《まんごんたん》〟と呼びます。これを服せば心を清くし肝を平にし目のかすみをなくし、腹の虫を退治いたします。人参の根も少々入っておりまして、万病に効き、力がみな

ぎります。夜の営みが弱くなったとおっしゃる方にも評判がよろしゅうございます」

「ならばありがたく頂戴しておこう。して、おぬしは枕絵も売っているらしいな」

辰吉はそれも入り用なら差しあげると言って、そばに置いている荷物のなかから数枚の画仙紙《がせんし》を取りだした。

なんと男と女が絡み合う淫《みだ》らな絵であった。稲妻はちらりと見ただけで、これはいらぬと突き返した。

「それで辰吉さん、下田から見えたらしいが、どこで商売をやっていたんだい?」

新兵衛が聞いた。

「東海道筋でございます。まあ、三島から藤沢《ふじさわ》あたりまででございます。宿場をわたり歩いてのしがない商売です」

「すると藤沢の帰りで、下田に戻るところだったのかい?」

「さようでございます。まさか護摩の灰にやられるとは考えもしないことでした。女房子供が首を長くして待っているというのに、災難でございました」

辰吉は大きなため息をついた。

「護摩の灰を捜し出そうじゃないか」

新兵衛はきっとした顔で言った。

二

「若旦那、いったいどうやって捜すとおっしゃるんです。護摩の灰を見た者はいないんですよ」

和助がきょとんとした顔を向けてくる。

「おていという女中が見ている。それにおれもあやしい人影を見た。手拭いを被った男だ。着物を尻端折りしていた。少し太っていたような気がする」

「そんな者はいくらでもおるだろう」

稲妻は気乗りしない顔だ。

「いや、昨夜他にもその男を見た者がいるかもしれない。おれはこの旅籠の風呂焚《た》きか下男だろうと思っていたが、よくよく聞き調べをすればわかるかもしれない」

「わかりますでしょうか……」

辰吉が目を輝かせて連れの道助と顔を見合わせた。

「若旦那、それじゃ今日もこの宿に泊まるおつもりで……」

和助が顔を向けてくる。

「一日や二日どうってことねえだろう。急ぐ旅じゃないんだ」

「昨日は沼津まで行くと言っておったくせに、気紛《きまぐ》れなやつだ」

新兵衛は稲妻の言葉を無視して立ちあがると帳場に向かった。すると宿の玄関を出ようとしていたお千津一行に出会った。

「先ほどは騒ぎでございましたね」

七兵衛が声をかけてきた。

「行商の辰吉さんは一安心でしょうが、人のものを盗んだ野郎を放っておくわけにはいかないので、これから犯人捜しをやります」

「新兵衛さんが詮議《せんぎ》されるのですか」

お千津が顔を向けてきた。

「見つけられるかどうかわからないが、辰吉さんの助をしようと思ってね。それで今日はどこまで行くんだい？」

「おじいさんは蒲原《かんばら》まで行くとおっしゃっています」

「まあ、無理ならその手前の吉原宿《よしわらしゆく》に草鞋を脱ぐかもしれませんが……」

七兵衛はお先に失礼しますと言って、池田屋を出て行った。

「道中気をつけて。くれぐれも護摩の灰には出くわさないように」

新兵衛が声をかけると、お千津が振り返ってぺこりと頭を下げた。

「若旦那、どうやって捜します。稲妻さんは面倒だと言って朝寝を決め込んでますよ」

いつの間にか和助が隣に来ていた。

「とりあえず、もう一度おていから話を聞く。その前に出立は明日だと主に伝えてくれ」

和助に言いつけた新兵衛は、客間の片づけをしているおていを捜して話をした。

「顔は見なかったのだな」

「顔は見ませんでした。後ろ姿だけでしたから……」

「棒縞の着物を尻端折りしていたんだな。そして客には見えなかったと」

おていは「はい」と、うなずく。

「この宿には風呂焚きか小間使いの下男がいると思うが、そいつではなかったか？」

「いいえ、伊助《いすけ》さんならすぐわかります。わたしが見たのはもっと体つきのよい人でした」

「誰か他の者がそいつを見ていないかな」

おていは廊下を忙しく行き来している女中を眺めてから、聞いてみますと答えた。

「おぬしも酔狂なことを……」

部屋に戻ると、寝そべっていた稲妻が薄く目を開けて言った。

「どうしても見つけたけりゃ、宿役人に訴えればよいだろう。わしらに関わりはないのだ」

「おれは捜すと決めましたから……」

新兵衛はそう言って昨夜見た黒い影を思いだそうと、窓の下の往還を眺めながら記憶の糸を手繰《たぐ》った。

旅籠の前の通りは東西に走っている。黒い影は旅籠の左手、つまり西の方角からやってきた。通りには旅籠や茶屋や土産物屋の他に、飯屋や小間物屋などが並んでいる。

昨夜の黒い影は、御殿川《ごてんがわ》に架かる橋のほうから歩いてきた。

必死にその黒い影のことを思いだそうとするが、記憶は曖昧《あいまい》だ。頭に手拭いを被り、そして着物を尻端折りしていたというだけだ。

だが、待てよと思った。黒い影は旅籠の庇《ひさし》の下に消えて見えなくなったが、どうやって旅籠のなかに侵入したのだろうか。

そのことを調べるために帳場に戻り、主の久蔵に訊ねた。

「うちは四つ（午後十時）には戸締まりをしますので、玄関からよその者が入ってくることはありません」

「戸締まりをしたあとで、店のなかに入れるような場所はないですかね」

久蔵は白髪交じりの頭をひねって、風呂場なら出入りできるかもしれないと言った。新兵衛は早速、昨日使った湯殿へ行った。

脱衣所の脇に小さな扉があるので、それを開けると、薪《まき》が山と積んである裏庭だった。庭に下りると、竈《かまど》があった。その上には雨が降っても薪をくべられるように出庇がある。

しかし、その風呂場に来るには、一旦旅籠の屋敷内に入らなければ無理だ。表から直行することはできない。

旅籠の裏は高い板塀で囲まれていて、勝手口があった。ここからなら旅籠の屋敷内に入ることができ、風呂場へも行ける。

（いや、違うな）

新兵衛はすかさず否定した。昨夜の黒い影は旅籠の裏に姿を消したのではなく、玄関のあるほうに姿を消したのだ。新兵衛はそこまでしか見ていない。裏庭から屋内に戻ると、今度は旅籠の表に出た。旅人や近所の者たちが往還を行き交っていた。池田屋は横に長い二階建てだ。通りに面したところに庇はない。

するとあの黒い影は玄関の庇の下にしばらく身をひそめて、裏の勝手口から旅籠のなかに入り、脱衣所脇の扉から入ったのか。

新兵衛が玄関に戻ると、奥の廊下からおていが息を切らしてやってきた。

「お客様、あやしい影を見た人がいました」

「誰だい？」

「旦那さんの娘さんです」

「どこにいる？」

三

池田屋の主の娘はおしのという名で、嫁ぎ先が決まっている十九歳だった。おていが箱入り娘だというように色白のひ弱な感じを受ける女だが、

「盗人がうちの店に出入りしているなんて許せません。きっと捕まえて首切り松に吊るしてもらいましょう」

と、威勢のいいことを言う。

「首切り松……なんだそりゃ」

新兵衛が疑問を呈すると、おていが答えた。

「この近くに刑場があって、そこにある松のことです」

「まあ、それはいいとして、そのあやしい人影を見たんだな」

新兵衛はおしのを見つめる。目許が涼しく唇が薄いので、少し冷たい印象を受ける。

「見たわ。あれは雲助《くもすけ》よ」

おしのははっきりと言う。雲助とは宿場人足のことだ。

「どうしてそうだと……」

「見たときに雲助だと思ったからです」

可愛い顔をしているのに、おしのはつっけんどんなもの言いをする。新兵衛は少し考えるように視線を彷徨わせた。そこは、池田屋の主家族が起居《ききょ》をする一階奥の座敷だった。

「そいつの名は？」

新兵衛が視線を戻して聞くと、おしのはわからないと首を振る。だが、きっと雲助だと断言する。新兵衛はおしのが雲助になにか因縁があるのではないかと思った。どこで、何刻頃見たと問えば、

「あれは四つを半刻ほど過ぎた頃よ。喉が渇いたので台所に行って水を飲んでいると、みしみしと床を踏む足音がしたので、そっちを見たら階段を下りてきた黒い影が風呂場のほうに消えたの」

たしかに風呂場の脱衣所から表に出ることはできる。それは新兵衛もたしかめたばかりだ。それに新兵衛が黒い影を見たのも四つ過ぎだった。

「顔を見たのかい？」

「いいえ。頬《ほ》っ被《かむ》りしていたので顔は見えなかったわ。でも身なりや体つきで雲助だとわかったの。間違いないわ」

おしのは犯人は雲助だと決め込んでいる。新兵衛はおていを見て、おまえはどう思うと聞いた。

「お嬢さんがそうおっしゃると、わたしもなんだかそんな気がしてきました」

「ふむ。すると、雲助を調べなきゃならないが、これだという決め手がないかな。そうでなければ、どの雲助かわからねえだろう。で、そいつはどんな体つきだった？」

新兵衛はおしのに顔を向け直す。

「……丈は高くなかったけど、肩幅が広くて丈夫そうな体つきだった」

おしのが知っているのはそれだけだった。新兵衛はもう一度、黒い影が消えた風呂場に行き、脱衣所脇の扉を開けた。

すると「わっ」と驚いた男がいた。新兵衛も驚いた。

「なんだおめえさんは？」

新兵衛が聞くと、男は少し言葉をつっかえさせて答えた。

「あ、あっしは、こ、この店の使用人で喜作《きさく》と申しやす」

喜作と名乗った男は、股引《ももひき》に継《つ》ぎ接《は》ぎだらけの膝切り木綿《もめん》を着ていた。池田屋の下僕のようだ。

「ここでなにをしているんだ？　おれはこの宿の客で新兵衛と言うが……」

「な、なにって、ふ、風呂を焚く支度です」

喜作はおどおどした顔で答える。

「今朝早くここに来なかったか？」

ためしに聞くと、朝餉をもらう前に来たと答えた。新兵衛はきらっと目を輝かせ、

「そのときなにか見つけなかったか？　いや、昨夜この宿に護摩の灰が出てな、客の財布から金を盗んで行きやがったんだ」

「そ、そりゃあ大変なことで……」

喜作はそう言ったあとで、うずたかく積んである薪の上から擦り切れた藁草履を取って、新兵衛に見せた。それがどうしたと聞けば、そこにあったと、扉のすぐ下のあたりの地面を指さした。

新兵衛は考えた。昨夜の盗人は、脱衣所の扉から入って二階の客間に行き、辰吉の財布から金を盗み、代わりに石ころを入れて、そのまま一階に下りてきた。だが、足許が暗いので草履を履かずにそのまま宿を出た。そういうことだろう。

「この草履、預かるがいいかい」

新兵衛は喜作から草履を受け取った。証拠品だ。

「それで、夜中にここに出入りするにはどうしたらいい？　おまえならわかるだろう」

へえと返事をした喜作は、裏の勝手口なら難しくないという。新兵衛は案内をしてもらい裏木戸を見た。なんと猿（戸締り用の木）が壊れていたのだ。

「きょ、今日は、こ、これを直さなきゃならねえんです」

「いつから壊れていたんだ？」

喜作は一昨日気づいたが、昨日は直すのを忘れていたと、申しわけなさそうに答えた。

四

二階の客間に戻ると、和助と稲妻が草団子を食べながら茶を飲んでいた。

「なにかわかったかい？」

稲妻が顔を向けてきた。

「わかるかもしれません。これは盗人の草履のはずです」

新兵衛が擦り切れた草履を見せると、

「お世辞にもきれいな草履ではありませんね。擦り切れているし、ちびているじゃござんせんか。でも、これをどこで……」

和助の疑問に新兵衛は調べてきたことをざっと話してやった。

「すると、若旦那が見た黒い影は、裏木戸からこの店の屋敷に入り、風呂場のそばから客間に忍び込んだってことですか……」

和助は目をぱちくりさせる。

「おれはその窓から見たが、盗人は玄関の庇の下で様子を窺っていた。だからおれは姿を見失った。盗人はそのあとで、裏にまわって猿が壊れている木戸から入ったのだ。金を盗んだあとは慌てていただろうから、草履など履かずに逃げた」

「されど、雲助と決めつけるには早いのではないか」

稲妻が草団子を頬張りながら言う。たしかにそうである。雲助と決めつけているのは、おしのという池田屋の主の娘だ。

「盗人は行方《ゆくえ》定めぬ浮雲《うきぐも》か、はたまた蜘蛛《くも》の子を散らして逃げる雲助でやんすか」

和助はそう言ったあとで、

「その汚い草履は盗人捜しの手掛かりでございますね。さすが若旦那。こうと決めればちゃんとお仕事をなさいます」

と、お追従《ついしょう》を口にする。

「和助、辰吉さんを呼んでこい。おれが調べたことを、まずは話しておく」

言われた和助はすぐに辰吉を呼んできた。連れの道助もいっしょだ。

「すると、わたしの金を取り返せるんでございますね」

話を聞いた辰吉は期待顔をした。

「まだどうなるかわからねえが、この草履がなによりの証拠になるはずだ」

新兵衛は汚い草履を指先でつまんで言う。その草履には足の指の痕がくっきりとついていた。

「しかし、雲助の仕業となると少々厄介ですね。この宿場の雲助はことに性悪《しょうわる》な者が多ございますから」

辰吉は三島宿に詳しいらしくそんなことを言う。

「それはどういうことです？」

新兵衛は辰吉に聞いた。

「どこの宿人足《しゅくにんそく》も一癖も二癖もある者が多ございますが、三島はとくに質《たち》の悪い者が多いのです。駕籠代を吹っかけるのはあたりまえなので気をつけなければなりません。それに飲む打つ買うの三拍子揃っています」

「それなら結構稼ぎがあるってことでは……」

「懐が温かいのは博奕《ばくち》で勝ったときぐらいでしょう。人足の多くは無宿ですし、問屋場裏の大部屋住まいです。大部屋では毎晩のように博奕をやっているし、ときに喧嘩《けんか》騒ぎも起こします。旅人の客にはいい顔をしますが、腹の底は知れたものじゃありません」

「若旦那、人足を雇うのはやめましょう」

和助が怖々した顔で言う。

「すると、心してかからなきゃならないってことだな」

新兵衛はそう言ったあとで稲妻を見た。

「なんだ……」

「ここから先は稲妻さんの出番です」

「なにをわしにやれと言う」

「まあ、考えがあります」

新兵衛はそう答えたあとで、辰吉と道助を見た。

「うまくいけば今日のうちに金を取り返せるかもしれない」

言われた辰吉と道助は頼みますと頭を下げた。

しばらくのち、新兵衛は稲妻と和助を伴って表に出た。

「わしが代官所の役人に……」

稲妻が眉を動かして見てくる。

「さようです。ここは韮山《にらやま》代官所の支配地ですから、代官所の役人が出てくるのは当然でしょう。さしずめ手代《てだい》ということでいかがでしょう。おれと和助は供をしている中間《ちゅうげん》ということでとおるはずです。たまたま池田屋に泊まっていたので調べをしているということにすれば疑われはしないでしょう」

「若旦那も悪知恵をはたらかせやがる」

「悪いことをしているのではありませんよ。盗人を捕まえるためです。役人らしく頼みます」

和助も頼みますと言葉を添える。短く打ち合わせをしたあとで、三人は問屋場を訪ねた。

問屋・年寄《としより》・名主《なぬし》の他に帳付や馬指《うまさし》などの宿役人が詰めている。

「代官所からお見えでしたか……」

問屋の男は恐縮の体《てい》で稲妻にすぐ茶を淹《い》れるとか、上がり框《がまち》でなく上にあがってくれなどと勧めた。

「かまうことはない。それより、この近くの旅籠池田屋は知っておるな」

稲妻は居間に並んでいる宿役人をにらむように眺める。戸口のそばに控えている新兵衛は、いかにも代官所の役人らしいではないかと稲妻のことを思う。

「へえ、そりゃ池田屋さんは近くでございますから」

頭の薄い問屋が答える。

「じつは昨夜、その池田屋に賊が入り、客の財布の金を盗み、代わりに石ころを入れて逃げた。調べたところ、この問屋場で扱っている人足の仕業ではないかという話が出た」

「へっ、それはまことで……」

「盗まれたのは旅商人で七両ほどだ。大金である。このまま捨て置くわけにはいかぬ。ついては、おぬしらが差配している人足を調べなければならぬ」

問屋は他の役人を眺めてから、

「それなら人足を差配しております者から、話を聞かれたほうがよろしいかと思います。為次郎《ためじろう》という人足指《にんそくさし》でございます。いま呼びますので……」

と言うと、帳付が奥の部屋へ行って、すぐに為次郎という人足指を連れてきた。色の黒い体の大きな男で、無精ひげを生やしていた。

「盗人捜しだ。昨夜のことだ。大まかに四つ過ぎのことであるが、その頃表に出た者はおらぬか？」

「四つ過ぎでござんすか……」

為次郎は首をひねって考えてから答えた。

「その時分に大部屋を出た者はおりません。あっしはずっと大部屋にいましたので、間違いはありません」

「まことであろうな」

「へえ、嘘ではございません」

「昨夜はその大部屋には何人ほどいた？」

「三十人かそこらです」

新兵衛はそんなにいるのかと、内心で驚くが、稲妻はいかにも代官所の役人らしいから少なからず頼もしさを覚えた。

「ならば大部屋を見せろ」

稲妻は立ちあがって為次郎に案内をさせた。

五

大部屋は問屋場の裏にあった。五十畳ほどの広さがあり筵《むしろ》敷きだ。馬小屋がそばにあるのでその臭いが漂っている。薄暗い部屋にいるのは十四、五人だった。莨蓙を被って寝ている者もいれば、柱に寄りかかって居眠りしている者もいた。

筵の上には賽子《さいころ》や欠け茶碗、花札に酒徳利《さけどっくり》などが無造作に転がっていた。博奕は禁じられているが、うるさく取り締まると人馬継ぎ立てが機能しなくなるから、お上もうるさいことは言わず半ば野放しだ。

「昨夜はここにいかほどの者が寝ていた？」

「さっきも言いましたが三十人ばかりです。他の者は伝馬町《でんまちょう》の家から通ってきますんで……」

「人足は何人いる？」

「百人ほどです。伝馬町にいるのがその半分でしょうか……」

「それは長屋か？」

「さようです」

為次郎は筵に座っている人足らを眺めて答えた。

「昨夜ここに泊まっていた者は、四つ過ぎには表に出てはおらぬのだな。おいそ
この者、おぬしは昨夜ここにいたか」

稲妻は柱に凭《もた》れている人足を見て聞いた。

「いましたが、表に出た者はいませんで……」

「その頃なにをしていた？」

男は為次郎を遠慮するように眺めてから、

「賽子です」

と、小さな声で言った。博奕が御法度《ごはっと》だと知っているからだ。

「稲妻様、負けが込んでいた者がいるかもしれません」

新兵衛が稲妻に低声《こごえ》で耳打ちした。

「うむ。負けが込んで金に困っている者に心あたりはないか」

人足たちは一斉に為次郎を見た。為次郎はばつが悪そうな苦笑を浮かべ、顎の
無精ひげを撫でた。

「おい、為次郎。半ちくなことを言えば為にならぬ。有り体に申せ」

稲妻は体も大きいが、胴間声《どうまごえ》だから迫力がある。為次郎がそんな稲妻を畏怖《いふ》しているのが、新兵衛にもよくわかった。

「為さんにすっかり巻きあげられたのは茂蔵《しげぞう》どんだ。それに浅吉《あさきち》に長助《ちょうすけ》。そう言うあっしもそうですがね」

そう言ったのは柱に凭れている男だった。足の親指をつかんでぐるぐるまわし、為次郎に恨めしそうな目を向けた。

「おぬしは為次郎に巻きあげられたが、昨夜はここから出ておらぬのだな」

稲妻はその男を見た。為次郎はしかめ面をしたが言葉は返さなかった。

「出ちゃいません」

「茂蔵と浅吉と長助はどうだ？」

「茂蔵はずっとここにいましたよ。今日は空尻で朝早く小田原に行ってますが」

空尻とは五貫目までの荷物と旅人を乗せる馬のことだ。

「浅吉と長助はどうだ？」

「あの二人は空ケツになって、散々ぼやきながら五つ頃帰りました」

「五つ頃……。その二人はどこにいる？」

「長屋でしょ」

「伝馬町の長屋ということか。それはどこにある?」

「ここから通りを東へ行った薬師院《やくしいん》のそばです」

「ならばそっちへ行ってみるか」

稲妻はそのまま表の通りに出た。新兵衛にあれでよいかと聞いてくる。

「いかにも代官所の役人らしく見えましたよ」

「あたしゃほんとうの代官所のお役人だと思いました。見事な役者っぷりで、稲妻さんは頼もしゅうございます」

和助は茶化しているのか褒《ほ》めているのかわからないことを言う。

「江戸で見る富士と違うな」

稲妻は遠くに見える富士山を見て言う。新兵衛も釣られてそちらを見た。まだ白い雪を被った富士山が遠くに見えるが、それは江戸で見るより大きい。

「稲妻さん。それより、これからが肝心なところです」

「うむ、わかっておる」

新兵衛に答えた稲妻は堂々と歩く。

問屋場の人足たちが住まう長屋は、履物屋で聞くとすぐにわかった。

入り組んだ小路を行ったところに、裏寂《うらさび》れた長屋があり、そこが宿場人足らの住まう場所だった。問屋場裏の大部屋よりはましだろうと思ったが、板の外れたどぶと厠の臭いが路地に充満していた。大部屋の馬臭いのとどっちがいいかと聞かれても、答えに窮する長屋だ。腰高障子《こしだかしょうじ》はどこも破れていて、接ぎをあてずにそのままにしている家もある。

「韮山代官所の者だ。浅吉と長助の家はどこだ？」

稲妻は腰高障子を開け放し、上がり框で煙管を吹かしている男に権柄《けんぺい》ずくで訊ねた。

「浅吉はそこの家です。長助はあの厠の隣ですが、浅吉はいませんよ」

相手はふて腐れた顔で煙管を掌にぶつけて答えた。相手が役人でも怯《ひる》みもしない。

「なにゆえおらぬ？」

「さあ、ひょっとすると消えちまったかもしれません。なにせ人足指の親方に散々つけを溜めてますからね」

「つけ……」

「博奕で尻の毛まで抜かれたようなもんです。一昨日から顔を見てませんで……」

「長助はいるのだな」

「さっき顔を見ましたが、眠そうな顔をしてましたよ。今日は仕事には出ないと言ってたんで、また寝てんじゃないですかね」

稲妻はそのまま長助の家に足を向けた。

新兵衛は帯に挟んでいる例の草履が長助の足に合えば、犯人だと頭で考える。それは、これからの稲妻の詮議にかかっている。

長助の家の戸は閉められていたので、稲妻が遠慮なく戸をたたいて引き開けた。

「……なんだい」

高枕をして寝ていた長助が半身を起こして目をこすった。

「韮山代官所の者だ。おぬしに聞きたいことがある」

稲妻の名乗りに、長助は顔をこわばらせた。新兵衛は長助を注視した。着ているのは棒縞の着物だ。それに肩幅が広くがっちりした体つきだ。池田屋の娘おしのが見た男に似ている気がする。

六

「なんです?」

長助は稲妻から新兵衛と和助に視線を移した。

「昨夜のことだ。その前に、おぬしはずいぶん人足指の為次郎に巻きあげられたようだな」

稲妻は居間の上がり口に腰を下ろした。

「いってぇなんの用で……」

長助は乱れた襟を正し正座した。戸口に立つ新兵衛は、土間にある草履と草鞋を見た。全部で五つ。どれもこれもくたびれている。台所の流しには茶碗や丼がいくつも置かれていた。

「昨夜のことだ。もっと言えば四つ頃だ。おぬしはどこでなにをしていた?」

稲妻は長助を凝視する。

「どこでなにをって、大部屋から戻ってきてここにいましたよ」

「戻ったあと、この長屋から出ておらぬか」

「出ちゃいませんよ。焼酎をかっ食らってふて寝です」

「ふて寝したのは博奕で負けたからか」

「まあ、そうです」

「ここにはおぬしの他に誰が住んでいる？」

新兵衛は稲妻に感心した。ちゃんと土間にある草履と草鞋に気づいているのだ。それに壁の衣紋掛けには、半纏や膝切りの着物が数枚ある。褌や腹掛けが無造作に置いてあり、布団も三組重ねてあった。

「大吉《だいきち》と庄助《しょうすけ》です。二人とも朝早くから仕事に行ってますが……」

「稲妻さん、そいつの草履はどれでしょう？」

新兵衛は早くそれをたしかめたほうが早いと思い、口を挟んだ。稲妻が納得顔で長助に、おまえの草履はどれだと聞く。

「なんで、そんなことを……」

長助はのそのそと這《は》うように土間に近づき、それですと右端にあるちびた草履を示した。

「他のは仕事に出てる同居人のものか……」

そのとき、新兵衛は後ろ帯に挟んでいた例の草履を稲妻にわたした。長助は訝《いぶか》しげな顔をした。

「ひょっとして、この草履はおぬしのものではないか……」

問われた長助は目をしばたたいてその草履を眺めた。新兵衛は長助を凝視した。

「どうだ。犯人はこいつだったか。おぬしの草履か？」

「そりゃおれのじゃねえです。庄助の草履ですよ。鼻緒《はなお》をすげ替えてあるでしょ、庄助のですよ」

新兵衛はあれっと、胸のうちでつぶやいた。

（犯人はこいつではなかったのか……）

「庄助は昨夜出かけなかったか？」

稲妻が問うた。

「おれは寝ぼけてましたが、やつは出かけましたよ」

「それは四つ頃だったか」

「……その頃の気がします」

長助は少し考えて答えた。

新兵衛は稲妻と目を合わせた。犯人は庄助かもしれない。だが、念のために、

「稲妻さん、その草履を長助の足に合わせてみたらどうです」

と、口を挟んだ。

稲妻はうなずいて長助に足を出させ、その足に草履を合わせた。草履は長助には少し小さく寸足らずだった。

「なんでこんなことを……？」

長助は疑問を口にした。

「もうよい。庄助は問屋場だな」

長助がそのはずだと答えると、新兵衛たちは再び問屋場に戻った。だが、庄助は沼津宿まで客の荷物を運んでいっており、そのうち帰って来るということだった。

髪の薄い問屋に、庄助が戻ってきたら知らせてくれと頼み、新兵衛たちは近くの茶屋で暇を潰した。

「おれはてっきり長助の仕業だと思ったけど、やつではなかったか……」

新兵衛は茶を飲んで通りを眺めた。荷物を積んだ大八《だいはち》が通り過ぎ、杖をついた年寄り夫婦が三嶋大社《みしまたいしゃ》の参道へ入った。

「あたしも長助が盗人で、これで一件落着だと思っていたんですがね。なかなか難しいもんですね。それにしても稲妻さんはお役人らしゅうございます。役者顔負けでござんす。『韮山代官所の者だ。おぬしに聞きたいことがある』なんておっしゃったときは痺《しび》れましたざんすよ」

和助は団子の汁を口の端につけたまましゃべる。

「ああいうのは朝飯前だ」

稲妻は照れくさそうに言葉を返す。

「それを言うなら稲妻さん、昼飯前でござんしょ。もう昼が近《ちこ》うございますから」

「まあ、なんでもよいわい。わしは早くこの一件を片づけたいのだ」

「へえへえたしかにおっしゃるとおり」

新兵衛は二人のやり取りを聞きながら、人と物は使いようだと思う。稲妻は一廉《ひとかど》の剣術家になると言っているが、その腕のほどはまだよくわからない。それでも、用心棒として雇ったのは正しかった。役人の真似をちゃんとできるし、他人を畏怖させる面貌《めんぼう》と体つきだ。なにせ日に千五百文という手当を払う約束なのだ。

茶屋の床几に座って半刻ほどしたとき、問屋場から頭の薄い問屋が駆けてきた。

「稲妻様、庄助が戻ってまいりました」

「おう、どこにおる?」

稲妻がすっくと立ちあがって聞いた。

「帳場の前に待たせております」

「逃げられたらことだ。わしのことは話しておらぬだろうな」

「はい。そのことは黙っております」

よしとうなずいた稲妻は問屋場に向かった。新兵衛と和助はあとに従う。

七

庄助は色の黒い団子鼻の小太りだった。素足に草鞋履きに大きく尻をからげ、褌をのぞかせていた。手拭いで鉢巻きをしている。

稲妻はずかずかと庄助に近づいて、

「おまえが庄助か。足を見せろ」

と、いきなり命じた。

「な、なんです」

庄助は慌てて問屋場の役人たちを見た。

「韮山代官所のお役人様だ」

問屋が答えると、庄助は顔をこわばらせた。

「おぬし、昨夜長屋の家を出てどこへ行った？　おまえといっしょに住んでいる長助が、四つ頃出かけたと言ったが……」

「どこって夜風にあたりに行っただけです」

「さようか、とにかく足を見せろ」

稲妻はどんと庄助の胸を押して、上がり口に座らせ、草鞋を脱がせて例の草履を足にあてて履かせた。ぴったりである。草履についている指痕も合致した。

新兵衛は目を輝かせた。犯人は庄助だったのだ。

「きさま、昨夜池田屋に忍び込み、旅商人の辰吉の財布から金を抜き、代わりに小石を入れたな。言《い》い条《じょう》はとおらぬぞ」

庄助の黒い顔が青くなった。

「さあ、盗んだ金はどこへやった」

「どうか、ご勘弁をどうかご勘弁を……」

庄助はあっさり盗んだことを認め、その場に土下座した。

「金だ。盗んだ金を出せ」

庄助は稲妻の迫力に心底恐怖したのか、ふるえながら胴巻《どうま》きから財布を出した。さっと稲妻はそれを取りあげ、新兵衛にわたした。

「七両と一分二朱ほどあります」

新兵衛は勘定をして稲妻に告げた。

「辰吉の財布から盗った金はいくらだ。嘘を言ったらただではおかぬ」

稲妻の脅しに屈した庄助は、盗んだのは七両一分三百文だと白状した。それから池田屋に忍び込んでからのことを話した。

「それで稲妻様、庄助のことはいかがされます」

庄助がなにもかも話したあとで問屋が聞いた。

新兵衛は稲妻が見てきたので、目顔《めがお》でかまうことはないと言った。意思が通じたらしく稲妻は心得顔をして庄助に告げた。

「十両盗めば首が飛ぶと言うが、きさまが盗んだのは七両と少々だ。それに金もこうして戻ってきた。二度と同じことをしないと誓うなら、目こぼしをしてやってもよい」

「ひゃあ。誓います誓います。二度と悪いことはいたしません。このとおりでございます。どうかご勘弁のほどを……」

庄助は両膝をついたまま拝むように手を合わせ何度も頭を下げた。

第三章　女敵討ち

一

池田屋に戻ると、新兵衛たちは辰吉の客間を訪ね、盗人を捕まえたことを話し、取り返した金を辰吉にわたした。

「ああ、助かりました。大いに助かりました。ありがとう存じます。これでやっと安心して家に帰ることができます」

辰吉はいまにも泣きそうな顔で喜びを表し、何度も礼を言った。連れの道助も恐縮しきりの体で頭を下げた。

「よくわかりましたね」

すっかり安堵した辰吉は、感心顔を新兵衛たちに向けた。

新兵衛は自分が調べたことをざっと説明し、稲妻がどうやって詮議したかを話した。

「すると新兵衛さんのはたらきと稲妻様のお骨折りがあったからですね。いやは や、すっかりあきらめていたんでございますが、まことに助かりました」

「道中には護摩の灰が少なくないらしいから、これからはわしらも十全に注意することにいたす」

稲妻は得意そうに言ってから言葉を足した。

「それからおぬしがもらった金があるな。わしがこの宿の客から集めた喜捨の金だ。それはわしが預かっておこう」

「もちろんでございます。ここに、そっくりそのままございます」

稲妻は差し出された金を大きな手でつかむと、そのまま自分の袂にしまった。

新兵衛は「あれ」と思ったが、口をつぐんでいた。

その夜、辰吉は客間に夕餉の膳を運ばせ、新兵衛たちにお礼だと言って酒を振る舞った。

一見おとなしい辰吉だが、酒が入ると口が滑らかになった。

「護摩の灰をやらかす雲助はいただけませんが、わたしはこの三島が好きなんでございます。家を出て旅をするとき、骨を休められるのはこの三島です。そして稼ぎのあとで三島に着いて、帰るときにもこの宿場でゆっくりいたします」

「そうかいそうかい」

稲妻は話を聞きながら、グビグビと酒を飲み、膳部《ぜんぶ》にのっている刺身や天麩羅《てんぷら》をつぎつぎと平らげる。和助は新兵衛に酌をし、そして辰吉と道助にも酒を勧める。

「ささ、やりましょう、おやりなさいませ」

太鼓持ちの和助は勧め上手だ。

「ぜひにも夏の三島大祭に見えられるとよろしいです。見事な山車《だし》が何台も出て、宿場を練り進みます。山車の上でも通り沿いの旅籠の二階でも、チャンチキが鳴らされます。チャンチキは摺《す》り鉦《がね》ですが、形や大きさが違って、チャンチキチャンチキと聞こえたりコンチキ、シャンギリと聞こえたりします。あの音を聞くと、ああ夏だな、また三島に来ているのだなと、しんみりした気持ちになったり、胸がわくわくしたりします」

辰吉は酒を嘗めるように飲みながら語る。

「山車が三嶋大社に入るとチャンチキの音がいっそう高くなります。それに太鼓や笛の音が重なり、見物人も山車の上に乗っている者も大いに盛りあがるんです。こちらではそれをシャギリ合戦と申していますが、これはまことに見応えのあるもんです」

そばにいる道助も祭りを見ているらしく、納得するようにうなずいている。

「そんな話を聞くと、その祭りを見たくなるな」

新兵衛は刺身をつまんで言う。鰹《かつお》に鰆《さわら》・鱸《すずき》・蛸《たこ》・烏賊《いか》の刺身が舟盛りになっていた。天麩羅も大皿に盛ってあった。

「是非ともご覧いただきたいものです」

「おお、いい気分だ。和助、なにかやれ。今宵は辰吉の金が戻った祝いだ」

酒に酔った稲妻が和助をけしかけた。

「へえへえ、それじゃあたしが踊りでもやりましょう」

和助がひょいと立ちあがって、尻端折りをすると、辰吉が手をあげて制した。

「ああ、それならわたしが馬子唄《まごうた》をやりましょう」

辰吉はそう言って低くうなるように歌いだした。相の手を入れるのは道助だった。

〽箱根八里は（ハイハイ）馬でも越すが（ハイハイ）
越すに越されぬ大井川《おおいがわ》（ハイハイ）
箱根御番所に（ハイハイ）矢倉沢《やぐらさわ》なけりゃ（ハイハイ）
連れて逃げましょ（ハイハイ）お江戸まで（ハイハイ）

調子に乗った和助が口をとがらすひょっとこ顔をし、尻をまくって踊りだした。即興踊りだが、それを見て稲妻が豪快に笑う。

〽三島照る照る（ハイハイ）小田原曇る（ハイハイ）
間の関所は雨が降る（ハイハイ）

辰吉の唄に合わせて踊る和助を見て稲妻は腹を抱えて笑っている。新兵衛もときどき噴きだして笑い酒を飲んだ。
はたと気づけばみんな心地よく酩酊《めいてい》しており、小さな宴は五つにはお開きとなり、新兵衛たちは自分の客間に引き取り大の字になって深い眠りについた。

翌朝、出立の支度をしていると、辰吉と道助が挨拶にやってきた。

「もう発つんですか?」

新兵衛は挨拶を返して聞いた。

「はい、伊豆は山道でございますからこれから発ちます。新兵衛さんも稲妻様もそれから和助さんも道中お気をつけください」

「護摩の灰には十分気をつけるさ」

「それでは、これで失礼いたします。いろいろとご面倒をおかけしました」

辰吉と道助が去ると、新兵衛たちも間もなくして池田屋を出た。

「今日もよい天気でございます。富士山がきれいに見えます」

和助が富士山を眺めて言う。

「それで若旦那、今日はどこまでまいる?」

稲妻が歩きだして新兵衛に聞いた。

「途中なにもなければ、吉原宿まで行こうと思います」

「いかほどあるのだ?」

「ざっと六里ほどでしょうか……」

新兵衛は出立前に調べたことを口にした。

「瞽女と三島女郎《じょろう》には会えず、代わりに会ったのは護摩の灰でござんしたね。もう盗人には会いたくないもんです。で、若旦那、なんで三島女郎が評判なのかご存じですか？」

和助が問いかけてくる。

「はて、そりゃ知らねえが、それだけ飯盛りが多いってことじゃねえか」

「大外れー。若くて美人が多いからだという話ざんすよ」

「まことか」

稲妻がさっと和助に顔を振り向けた。

「それはしくじった。昨日、呼んでおけばよかった」

新兵衛も同じことを思い、後ろ髪を引かれるように背後の往還を振り返った。

「まあ、帰りにも三島は通りやす」

和助が言えば、

「そのときにでも世話になるか」

と、稲妻がつぶやく。

それにしてもこの三人、傍目から見れば妙にちぐはぐでへっぽこである。侍の稲妻は大きな体にいかつい顔をしている。和助は小太りで剽軽な顔だ。新兵衛はしっかり者ではあるが、どこかちゃらちゃらした軽薄さが見え隠れする。

しかし、当人たちはそんなことには気づかず、また気にもせずつぎの宿場である沼津に向かって足を進める。

「あっ！」

本陣宿を過ぎたときだった。和助が声を漏らして立ち止まった。

「どうした。屁でもひったか？」

新兵衛は和助を振り返った。

「屁も糞《くそ》も起きてからひりましたが、三嶋大社に参拝するのを忘れていやした」

「神社ならこの先にいくらでもある。どうしても詣《まい》りたけりゃ帰りに立ち寄ればよい」

稲妻はそう言ってさっさと歩く。新兵衛と和助もあとにつづく。

二

「お嬢さん、和田屋《わだや》さんの小僧さんが来て、注文の浴衣《ゆかた》ができたそうでございます」

お菊《きく》が縁側で庭の菖蒲《しょうぶ》を眺めていると、女中のお袖《そで》がやって来て告げた。

「その小僧さん持ってこなかったの？」

お菊はお袖を振り返った。

「お嬢さんに仕立て具合を見てもらいたいそうです」

「そう。それじゃあとで和田屋さんにまいりましょう」

お菊は浅草東仲町《ひがしなかちょう》にある茶問屋山城屋《やましろや》の箱入り娘である。今月は両国《りょうごく》の川開きがあるので、それに間に合うように新しい浴衣を注文していた。

川開きは毎年五月二十八日である。その日は盛大な花火が打ちあげられ、両国界隈《かいわい》は見物客で賑わう。

「まだこの季節はようございますが、そろそろ蚊《か》が出てきましたね。さっきは店の前を蚊帳《かや》売が通っていきました」

「声が聞こえていたわ」

お菊は蚊帳売の売り声を聞いていた。

「江戸の郊外では田植えがはじまっています。向島や谷中《やなか》あたりに行けば、螢《ほたる》見物ができます」

お袖はどうでもいいことを話す。お菊の世話掛でいつもそばにいる女だ。お袖はおっとりした女だが、歳が二つ上のせいか、いざとなるとはっきりしたことを言う。

「そう……」

お菊は気のない返事をして澄んだ青空を眺める。昨日は夕立があり、地面はまだ湿っていた。

「なにかおもしろいことないかしら……」

お菊が独り言のようにつぶやくと、お袖が思いだしましたと目を見開いた。

「なにを……？」

「お嬢さんの縁談相手の小泉屋のご長男のことです」

お菊はさっとお袖を見た。

「わたしたちが見た小泉屋のお倅はご次男だったのです。ご長男は修行のために旅に出てらっしゃるそうです」

「それ、誰に聞いたの？」

「小泉屋から米を買い取っている問屋の小僧さんです」

お菊は目をしばたたいた。両親から勧められている縁談相手は、小泉屋の長男で新兵衛と言った。しかし、親に勧められるまま、顔も人柄もわからない相手に嫁ぐことに抵抗があった。

だから、お菊はお袖を連れて、ひそかに小泉屋の相手を見に行ったことがある。そこで見たのはひ弱で頼りなげな男だった。それが将来の自分の夫だと思いがっかりした。

「たしかなこと……」

「はい。間違いないようです」

「その新兵衛さんはどこへ行っているの？」

お袖は「さあ、それは」と、首をかしげる。

「わたしたちが見たのは次男だった。だけど、長男は次男に似ているのではなくて……」

「まあ兄弟ですから似ているでしょうね」

いやだわ、とお菊は胸のうちでつぶやき、かぶりを振った。次男はひ弱そうで風采《ふうさい》のあがらない男だった。だとすれば長男も似たり寄ったりに違いない。

お菊は近所で浅草小町と呼ばれる評判の娘だ。そして当人も、自分は美しい女だという自負があった。そのじつ色白で目鼻立ちの整った瓜実顔《うりざねがお》だ。

いずれ嫁入りするのはわかっている。その覚悟もある。もちろん家柄や血筋は大切だけれど、相手はなにより自分にふさわしくなければならない。

「それでお嬢さん、仕立てた浴衣はいかがします？　これから和田屋さんに行ってみますか？」

「そうね。仕上がりを見たいものね」

家を出たのはそれからすぐだった。お菊は裾に蓮の花を染めた綸子《りんず》の着物。お袖は絣木綿《かすりもめん》といったなりだ。

仕立屋の和田屋は家からさほど遠くない浅草福川町《ふくかわちょう》にある。母親のお園《その》が贔屓《ひいき》にしている店である。

「お嬢さん、そっちの道ではありませんよ」

そばについているお袖が声をかけてくる。

「少し歩きたいのよ。そう暑くもないし、日よりもいいじゃない」

お菊はつんとすました顔で答えるが、蠟燭《ろうそく》問屋船屋《ふなや》の前を通りたかった。船屋の跡取りは市之進《いちのしん》と言って、お菊の憧れの男だ。どうせなら市之進に添いたいという思いがあるが、声をかけたこともなければ、話しかけられたこともない。

いつかその機会がないかとひそかに期待しているが、その思いは叶わぬままだ。

並木町まで来ると、我知らず胸がときめく。

寛永寺《かんえいじ》の御用達《ごようたし》になっている船屋はもう目と鼻の先だ。暖簾《のれん》がそよ風に揺れている。屋根看板は初夏の日差しを浴びて輝いている。

と、暖簾がめくられ客といっしょに市之進が表に出てきた。はっと、お菊は目をみはって立ち止まった。市之進は店の前で客と立ち話をしている。

背が高く凛々《りり》しい顔に魅力的な笑みを湛《たた》えて腰を折る。声は届いてこないが、客は嬉しそうに市之進に話しかけている。

「お嬢さん、いかがされました？」

お菊が市之進に見惚れていると、お袖が声をかけてきた。

「なんでもないわ。ちょっと考えることがあったの」

お菊は誤魔化《ごまか》して足を進める。市之進との距離が詰まってくる。

「では、またのご贔屓を……」

市之進は応対していた客に深くお辞儀をして、眩《まぶ》しい笑みを浮かべた。

（やっぱりいい男だわ）

お菊の胸はどきどきと高鳴る。もっと近くで顔を見たい。話をしたい。でも、それはできない。あ、こっちを見てきた。

と思ったのも一瞬で、市之進は店のなかに消えてしまった。わたしに気づいたなら声ぐらいかけてくれてもいいじゃない。そう思うが、憧れの男の姿はもうなかった。

「和田屋さんの仕立ては間違いございませんから、きっとお嬢さんも気に入られると思いますよ」

「そうね」

上の空で答えるお菊は、ちらりと船屋を振り返った。

「川開きのときには、その浴衣で花火見物にまいりましょう」

「……そうね」

お菊は市之進と花火見物をしたいと思う。市之進だったら似合いの夫婦になるのにと思いながら、小さなため息をついた。

三

朝早く三島宿を発った新兵衛たちは黄瀬川《きせがわ》を越え、当初予定の沼津宿に入ったが、そこでは少し休んだだけで、つぎの原宿《はらしゅく》へ足を進めていた。

「どこからでも富士山が大きく見えますね。土地の人たちは毎日この富士山を愛《め》でていればあきてくるんじゃないでしょうか。そのじつ、すれ違う土地の人たちは富士山には目もくれない。代わりにあたしたちに目をくれる。富士山よりよほどあたしたちがめずらしいんでございましょう」

「おい和助、富士山もいいが、この松並木も捨てたものではないぞ」

稲妻が首筋の汗をぬぐいながら言う。

たしかに街道の左側に松林が延々とつづいている。松と松の間には青い海が垣間見え、風が潮の香りを運んでくる。

「千本松原とはここのことを言うのだろう。ここはもう駿河国《するがのくに》だ。箱根までが相模《さがみ》で三島じゃ伊豆だった」

新兵衛は江戸を発つ前に、それなりの下調べをしているので、思いだしながら話す。

「ほう、千本松原と申すか……」

稲妻が感心顔をする。

「すると松が千本ということでやんすかね。千本より多く見えますが、数えた人はご苦労なことです。よほど暇人だったんでしょうね」

「たしかに千本よりもっと多そうだ」

稲妻はそう言って松の木を数えはじめる。この頃の松並木は長さ五百八十八間・幅百七十間半で、木数は五千本ほどあったと、物の本にある。

「それより若旦那、原宿というのはまだ先でござんすか。あたしはだんだん腹が減ってまいりやした」

「沼津から原宿までは一里半ほどらしいから、そろそろだろう」

「すると三島から三里歩くことになるな。原宿からつぎの宿まではいかほどあるのだ？」

松の木を数えるのをやめた稲妻が顔を向けてくる。

「三里少々のはずです」

「そこが吉原宿か……少し遠いな。都合六里はたっぷり歩くことになる」

「さほどの道程ではないでしょう。それより稲妻さん、あの旅商人のために集めた金はどうするんです。そのまま稲妻さんの懐に入ったままですが……」

新兵衛は稲妻がその金のことを先に持ちだすと思っていたが、ずっと触れずにいるのが気になっていた。

「ああ、あの金か。まあわしが預かったままだが、路銀の足しにしたらいかがだ。それとも若旦那、返してもらいたいか」

新兵衛は旅商人の辰吉に一分をわたしていた。

「おれの出した金はともかく、他の金はあの旅籠にいた客のものですよ」

「そんなことは言われずともわかっておる。されど、どうやって返す？　もうあの客たちは旅立っておるんだ。ひとりひとり捜して返すわけにはいかぬだろう」

「たしかにそうですが……」

「若旦那、お捻《ひね》りをもらったと思ったらいいじゃござんせんか」

和助はちゃっかりしたことを言うが、新兵衛は浅ましいことはしたくない。旅商人の辰吉が金を盗まれて困っているとき、稲妻はよい提案をしたと感心したが、盗まれた金は戻ったのだから返すのが筋である。しかし、稲妻が言うように容易なことではない。

「お捻りか……」

つぶやく新兵衛は、まあそれでもいいかと折れる。この辺はいい加減なものだ。

ときどき江戸方面に向かう旅人とすれ違う。三度笠《さんどがさ》に杖を持ち、荷を背負ったり肩に掛けていたりする。柄杓《ひしゃく》を持った旅人はお伊勢参りの帰りだろう。柄杓は道中で米や銭の施しを受けるためである。

また、乗掛《のりかけ》の旅人が三人を追い越しても行く。乗掛は馬の背に布団を敷き、それに人が乗り荷物を両側につけている。馬のそばを歩くのは、馬に乗っている旅人の使用人らしかった。

「ぽくぽく、ぽくぽくと馬が追い越してゆく。ああ、原宿はまだでござんすかねえ」

和助のぼやきがはじまった。へこたれた顔で腹が減ったとうるさい。

「ぐちぐちとうるさいやつだ。されど和助、宿場が見えてきたぞ。ほれ、あそこであろう」

稲妻が往還の先を見て言う。和助は背が低いので、猿のようにぴょんぴょん跳ねて見ようとする。

「飯の食える宿場はそこだ」

「ああ、見えた。見えましてございます。飯にありつける宿場でやんす。若旦那、少し長居をしましょうよ」

和助が声をはずませた。

四

原宿は小さな宿場だった。旅籠の数も十数軒だ。だが、茶店や飯屋はそれなりにあり、他の宿場同様に呼び込みの女が声をかけてくる。

「お茶あがりやせー」

「飯あがりやせー。酒あがりやせー。吸い物もありますよぅー」

そんな声のなかに「鰻《うなぎ》の蒲焼き、いかがですぅー」という声。

和助は聞き逃さずに、

「若旦那、稲妻さん、鰻の蒲焼きがあります。鰻です。沼津の茶屋でも鰻の声がありましたねえ。ここで食いはぐれたら一生の不覚ではござんせんか」

と、新兵衛の袖をつかんで揺する。稲妻も鰻にしようと言うので、新兵衛は鰻屋の前にいる女に訊ねた。

「ここの鰻は名物なのか？」

「そりゃどこの鰻より美味しゅうございます。請け合います、請け合います」

女は新兵衛の袖をつかんで店のなかに引っ張る。たしかに芳ばしい匂いが鼻をつく。新兵衛は女に引っ張られるまま、粗末な店のなかに入った。職人らしき先客が二人いて、飯を食い終わったらしく茶を飲みながら煙草を喫《の》んでいた。

表戸を開け放してあるので、通りがよく見える。宿場の北側に富士山が見え、その手前に東西に走る山があり、その下方は荒れた野と沼地だった。反対側の窓も開いており、遠くにきらきらと光る海が見えた。

粗末な飯屋だが、なかなかの眺めだ。三人はそれぞれに鰻の蒲焼きを注文して待つ。

「あの富士の手前の山はなんだね？」

新兵衛は茶を持ってきた女に聞いた。

「愛鷹山《あしたかやま》ですよぅ」

「あした嬶《かか》山、そりゃ今日は嫁入り山で昨日はおぼこ娘山もあるんかいな」

和助が口を挟む。店の女はくすくす笑って、

「あした嬶でなく、あしたかやまですよぅ」

と、区切って教える。

「ところで若旦那、おぬしには縁談の話があるそうだな。相手は浅草小町と言われる美人らしいではないか」

唐突に稲妻に言われた新兵衛は、ぷっと茶を噴きこぼした。

「とんでもない。ありゃ、お多福ですよ。おれは真っ平ごめん蒙《こうむ》りまさぁ」

「和助の話と違うではないか」

稲妻は和助を見る。

「若旦那は望みが高《たこ》うございますからね。あたしが見たお相手は、そりゃ若くて

小股の切れあがったいい女なんざんすけどね」

「なにが浅草小町だ。あれだったらこの店の女のほうがよっぽどましだ」

新兵衛は茶問屋山城屋の娘お菊との縁談話が持ち込まれたとき、和助を連れてそっとのぞきに行ったことがある。そのとき和助はたしかにお菊を見ているのだが、ちょっとしたすれ違いで新兵衛が見たのはお袖という女中だったのである。

「おぬしらの言うことはあべこべだな。まあ、わしにはどうでもよいことだが……」

稲妻はそう言ったあとで、酒を一合と注文する。

「なにかおもしろいことはないか？」

新兵衛は酒と香の物を運んできた女に聞いた。

「おもしろい話……物騒な噂はありますが……」

あばた面の女は声をひそめた。

「物騒な話……それはなんだい？」

新兵衛は身を乗りだして聞く。

「この先に一本松があるんですけど、日が暮れると悪い狐が出たり、追い剝ぎや人殺しが出るんです。一本松に死人がぶら下がっていたこともあります。大きな声じゃ言えませんけど、日のあるうちに通り過ぎたほうがようございます」

　女は一段と声を低くして言った。

「そりゃ物騒だ」

「若旦那、鰻を食ったらさっさと行きましょう。まだ日は高うございますが、人殺しなんて真っ平ごめんざんす」

　和助が慌て顔で言う。

「そんなのは噂にすぎんだろう。怯《おび》えるほどのことではない」

　稲妻は意に介さない顔で酒を飲む。

「火のないところに煙は立たないと言います。噂も同じざんすよう」

「おまえは小心者だからそう言うのだ」

　そんな話をしているうちに鰻が運ばれてきた。三人は黙々と鰻飯を食う。新兵衛は江戸のほうがうまい気がすると言う。和助はどこで食っても鰻はうまいと相好を崩す。大食漢の稲妻はあっさり平らげ、大盛りの飯と香の物を注文し直した。

「さて、ここから吉原宿まで一目散だ。日の暮れ前には着けるだろう」

　勘定をすませた新兵衛は振分荷物を肩に掛け、菅笠を被り直す。和助は草鞋を履き替えてあとについてくる。

「つぎの宿までおよそ三里であるか。日の落ちる前には草鞋を脱げるな」

稲妻が空を見あげて言う。

三人は松蔭寺《しよういんじ》という寺の前を過ぎ、五、六体もある地蔵尊を横目に見て歩く。

新兵衛は神社仏閣にはあまり興味を示さないが、松蔭寺は白隠慧鶴《はくいんえかく》が住持《じゆうじ》を務めた寺で、「駿河の国に過ぎたるものが二つあり。富士のお山に原の白隠」と、歌に詠まれるほどだ。

宿場を離れ一里ほど行ったところに一本の松があった。

「あれが死人がぶら下がっていたという松じゃござんせんか」

和助が目敏《めざと》く見つけて立ち止まる。なにもぶら下がっていないと、稲妻は平気な顔で足を進める。

新兵衛は一本松から目をそらし海を眺める。富士もいいが、広々とした海を眺めると気分がよくなり、旅の疲れもいっとき忘れられる。

「いい海ではないか」

新兵衛が立ち止まって言ったとき、近くの藪《やぶ》のなかから突然人が立ちあがり、

「田子《たご》の浦《うら》だよ」

と、にやりと不気味な笑みを浮かべた。

新兵衛は驚いて跳びしさり、まさか追い剝ぎか人殺しか、と飯屋の女の話を思いだしたが、男は股引に粗末な野良着をつけている。年の頃は四十そこらで、どう見ても悪人面でもない。

「この海のことかい？」

新兵衛は胸を撫で下ろしながら言葉を返した。

「ああ、松原もここで終わりだ。あんたらどこから来て、どこへ行くんだい」

「江戸から来て京へ向かうところだ」

「ご苦労なことだね。気をつけて行きなされ」

男はそう言うと、足許に置いていた荷物をひょいと肩に担いで原宿のほうへ歩き去った。

「この辺の百姓だろう」

稲妻が男を見送って言った。

それから少し行ったところで、富士山が左側に見えるようになった。

「あれ、さっきまで富士は右に見えていたのに、ありゃふしぎ……」

和助が言うように、新兵衛もほんとうだと見え方が変わった富士を眺めた。

「さようか、あのあたりが田子の浦であったか。田子の浦ゆ打ち出でて見れば真白にそ富士の高嶺に雪は降りける」

稲妻が妙なことを口ずさんだ。

「なんです、それは？」

新兵衛は稲妻を見る。

「昔誰か知らぬが、そんな歌を詠んでおるのだ。それを思いだした」

「へえ、稲妻さんは見かけによらず学がおありですね」

和助が感心する。

「見かけによらずは余計だ」

「あ、これは失礼でござんした。でもそりゃ冬の歌でござんすね。富士に雪は降っていませんから」

和助がそう言ったとき、新兵衛は眉宇をひそめて立ち止まった。

前方の松林の前に立っていたひとりの侍が、鋭くにらみを利かせて顔を向けてき、腰の刀に手をやり、鯉口《こいぐち》を切りもする。

五

「稲妻さん、人斬りかも……」

新兵衛が稲妻を見ると、顔をこわばらせ、うむとうなずいた。

「近づいてきますよ」

「騒ぐでない」

稲妻はそう言うが、緊張の面持ちだ。西にまわり込んでいる日が、稲妻の横顔を照らしている。

「おぬしら……」

近づいてきた侍が立ち止まった。鋭い眼光だ。打裂羽織に野袴、手甲脚絆に草鞋履き。長旅をしてきたのか、塵埃《じんあい》にまみれている。それに月代《さかやき》が伸び、顔は無精ひげで覆われている。

「何用だ？」

稲妻が問い返した。こういったとき頼れるのは稲妻だけだ。和助は新兵衛の背中にまわり、袖をつかんでいる。

「おぬしらではないな。拙者は田中藩本多家《たなかはんほんだけ》の家来、戸塚惣右衛門《とつかそうえもん》と申す者。故あって敵討ちをしなければならぬ」

「敵討ち……」

稲妻がつぶやく。

「さよう。その敵が沼津から原宿へ入ったという噂を聞いた。まる二日待ち伏せをしておるが、いっこうにあらわれぬ。敵は松谷助五郎《まつたにすけごろう》という者だ。おそらく女連れであろうが、その女は拙者の妻である」

「するとその松谷なる者は、お手前の内儀と不義を……」

稲妻は相手の狙いが自分たちでないとわかったせいか、少し落ち着いたもの言いになった。戸塚惣右衛門は切った鯉口を元に戻してもいる。

「恥を忍んで言うが、拙者は妻を寝取られた哀れな男だ。されど、黙っておるわけにはいかぬ。きっと見つけ出して、裏切った妻もろとも成敗しなければならぬ。松谷は二十八歳。色白で背は並。細面《ほそおもて》に少し吊り目だ。唇が少し厚く、その唇の右脇に米粒ほどの黒子《ほくろ》がある。そんな侍を見なかったか？」

新兵衛は稲妻と顔を見合わせた。つまり、戸塚は女敵《めがたき》討ちをするために待ち伏せをしているのだ。

「いや、さような侍には出会っておらぬ」

稲妻が答えると、戸塚はおぬしらはどうだと新兵衛と和助に目を向けた。

「女連れの侍は見ませんでしたね」

新兵衛が答えると、戸塚は「うむ」とうなるような声を漏らし、しばらく富士を眺めて視線を戻した。

「ひょっとすると街道を通らず、迂回しておるのかもしれぬ」

そうであれば厄介だと、戸塚は無精ひげの頬を片手でさすった。

「その、戸塚様のお内儀はどんなご容姿でしょう?」

戸塚が自分たちにとって危険人物でないとわかったので新兵衛は聞いてみた。

「歳は二十四。女としては並の背丈で、少し太り肉《ふとじし》だ。笑うとえくぼのできる愛嬌ある顔をしておる」

「そんな女の旅人には会っていませんが、もし見つけたらいかがいたしましょう」

「ふん捕まえて宿場の問屋場に放り込んでもらいたい。さように取り計らってもらうと、藤枝宿《ふじえだしゅく》の問屋場に知らせが行くことになっておる」

戸塚はその段取りをつけているのだろう。

「ここでずっと待ち伏せをしていらっしゃるのか?」

稲妻が聞いた。

「ここに来て二日だ。見当をつけて沼津宿と藤枝宿の間を行き来しておる。かれこれ十日はたつであろうか」

「大変でござるな」

「妻を寝取られたとあっては武士の名折れ。斯様《かよう》な話をするのも恥辱であるが、討ち取らなければ末代まで笑い者になる」

「ごもっともなことで……。それにしても大儀でござるな」

戸塚はうむとうなずいた。

「では、これにて……」

稲妻が先をうながしたので、新兵衛は戸塚に軽く会釈をして足を進めた。

「あのお侍、敵が沼津から原宿に入ったと言っていましたね。どうやってそれがわかったんでございましょう？」

和助が背後を振り返りながら疑問を口にする。

「その手配りをしておるのだろう。それにしても自分の妻を寝取られるとは不憫というか、間抜けというか……」

稲妻はあきれたように首を振る。

「松谷という敵と密通したお内儀がふしだらなのかもしれません。それとも、松谷という侍がよほどいい男なのか……。稲妻さんが、あの戸塚というお侍だったらどうします？」

新兵衛は稲妻を見た。

「そりゃ放っておけることではない。見つけ出して斬り捨てるのみだ。戸塚殿は腸《はらわた》が煮えくり返るほど頭に来ているはずだ」

「それにしても女敵討ちに出会うとは……どんなことに出会うかわからないのが旅なんでしょう」

「あの戸塚殿は田中藩本多家の家来と言ったな。田中藩はどこにあるのだ？」

聞かれた新兵衛は懐から自分で作った冊子を取り出した。江戸を発つ前に作った道中地図で、各宿場の簡略なことを書き記していた。

「藤枝宿がそのようです。戸塚様も敵を見つけたら、藤枝宿の問屋場に知らせが行くとおっしゃっていましたから」

「藤枝は遠いのか？」

「今夜泊まる吉原宿から八つ目の宿場です」

「かなり遠いな」

そんなことを話しているうちに日は大きく西にまわり込み、燕《つばめ》が街道の上を横切っていけば、鴉《からす》が鳴きながら山のほうへ飛んでいった。

目的の吉原宿に到着したのは、日が西の端に沈み込み、富士が朱に染められたときだった。

六

吉原宿は江戸から十四番目の宿場。宿往還は十二、三町ほどだろうから、さほど大きな宿場ではなかった。それでも旅籠はざっと数えて五十軒はゆうにあった。

やれやれ疲れたと、草鞋を脱いだのは宿中にある駿河屋《するがや》という旅籠だった。

「お客さん、どちらまでおいでになるんですか？」

茶と宿帳を持ってきた女中が、ほくほくした笑みを浮かべて聞いてくる。

「京まで行くところだ。江戸からの長旅でな。こうも骨が折れるとは思わなかった」

羽織を脱ぎ、手甲脚絆を外して楽な恰好になった新兵衛は茶に口をつける。

「江戸からでございますか……そりゃ大変な長旅でございますね。道中はいろいろ難儀しますでしょう」

三十過ぎの若年増《わかどしま》の女中は話し好きらしい。だが、媚《こ》びる色目は使ってこないので飯盛りではなさそうだ。

「難儀も難儀だ。関所破りをしたらしい浪人に金をせびられれば、護摩の灰に出会うし、女敵討ちの侍には出会う、これからなにがあるかわからねえ旅となった」

「京へ行ってなにをされるので……」

「さあ、京の町を眺めて商売のいろはでも見習おうと思っている」

「それは感心なことでございます。でも、これから先は大変でございますよ」

「なにがだい？」

新兵衛は茶を飲んで女中を見る。

「江戸に向かわれるお大名がそろそろ見えられます。その行列が毎日のように通ることになりますので、旅の人たちは気をつけなければなりません」

ほう、もうその時期であったかと、新兵衛は思いだす。譜代大名の参勤交代は六月だ。江戸へ向かう大名は五月中に街道を下っていく。

「天気もよろしくないので、この先の富士川は早くお渡りになったほうがよろしゅうございます」

「それは親切な……」

新兵衛はささっと宿帳に筆を走らせて女中にわたした。女中は湯殿は一階にある、朝夕の膳は客間に運ぶか、下の座敷に用意するかと聞いた。

新兵衛は面倒だから部屋に運んでくれと答えた。

「女中が申したように天気が崩れそうだ。さざれ星しか浮かんでおらぬ」

稲妻が窓から空を見あげて言う。

「若旦那、そういうことなら明日も早く出立でござんすかね。なんだか忙しゅうございますね。どこかで二、三日ゆっくりいたしませんか」

厠から戻ってきたばかりの和助が、そばに座って顔を向けてきた。

「そうだな」

新兵衛も和助が言うように、どこかで数日逗留《とうりゅう》しようと考えていた。

「あたしゃ、駿河の吉原も、江戸の吉原みたいなところだと思っていやしたが、少々趣が違いますね。ここは静かな片田舎という風情《ふぜい》でござんす」

火灯し頃から賑わう派手な江戸の吉原に比べたら、たしかにこの宿場は落ち着いている。廓もなければ、しゃなりしゃなりと歩く花魁《おいらん》の姿などもない。どこからともなく犬の遠吠えが聞こえてくるだけだ。

三人は代わる代わるに風呂を使い、女中が調えてくれた膳部を前に酒を飲んだ。

話題は途中で出会った女敵討ちの戸塚惣右衛門のことだ。

「妻を寝取られる亭主も亭主だが、その妻も妻であろう。よほど色狂いか、あの戸塚という夫に飽きたのか……」

稲妻はぐびりと酒を飲んでつぶやく。

「戸塚様がお内儀にひどい仕打ちをしたので、松谷という侍に助けを求めたのかもしれません」

新兵衛も酒を飲む。

「松谷助五郎という侍が、戸塚様のお内儀をたぶらかし連れ去ったのかもしれませんよ。さようなことはよく聞く話です」

和助は新兵衛と稲妻に酌をする。折敷《おしき》の上には酒の肴が載っているが、さほどめずらしい料理ではなかった。珍味もなければ、これだという名物もない。

まあ、旅籠とはこういうものだろうと、新兵衛はだんだんにわかってきた。

和助は太鼓持ちらしく気遣いを見せお追従を忘れはしないが、疲れがたまっているのかいつになく言葉数が少ない。

剽軽で軽薄な和助は真の太鼓持ちだが、傍目に浅はかに見えてもしっかりとした芯のある自分を持っている。金魚の糞のようについてくるそんな和助を、新兵衛は都合よく使ってはいるが、いずれなんとか一人前の男にしたいと考えていた。

そして、和助も新兵衛の奥深い考えを理解しているらしく、他の旦那衆には目もくれない。散々辛酸を嘗めてきたから、それだけ人を見る目を養ったのだろう。

ただ、稲妻のことはいまもってよくわからない。まあ悪い侍ではないだろうが、ほんとうに強いのかそうでないのか……。

「今夜はこの辺にしておこう。わしはなんだか眠くなった」

稲妻は三合の酒を飲み、丼飯を三杯食べると、ごろりと横になった。それじゃあたしもと、和助も夜具に横たわる。

新兵衛も二人に倣って間もなく横になった。

翌朝はどんよりした雲が空を覆っていた。雨に降られたら厄介だ。だから先を急ごうと、朝飯を食うとすぐに旅籠を発った。

蒲原宿までは二里三十町ほどの道程だが、途中で富士川を越さなければならない。

薄曇りなので富士は靄がかかったようにうっすらとしか見えない。

「お天道様、どうか雨を降らさないでくださいまし」

和助が歩きながら手を合わせる。

「若旦那、今日はどこまで行くつもりだ」

爪楊枝《つまようじ》をくわえたまま稲妻が聞いてくる。

「江尻《えじり》まで行きとうございますが、天気次第でしょう」

「それにしても京は遠いのぉ」

まったくだと思う新兵衛は、旅の楽しさよりも歩くつらさが身にしみている。こんなことなら江戸にいて、廓遊びでもしていたほうがよかったかと、ちらりと頭の隅で後悔するが、一旦決めたからにはなんとしてでも京には行きたい。

一里塚をすぎてほどなくすると、富士川が流れていた。川岸に舟着場があり、いままさに一艘《そう》の舟が出ようとするところだった。

「間に合わねえか」

新兵衛は舌打ちをして、粗末な待合茶屋の床几に腰を下ろした。

　そのとき、慌てたように渡し舟に向かう二人の男女がいた。二人とも旅人の身なりではなかった。そして、男は侍だった。

「おい、待て待て」

　侍は船頭《せんどう》に声をかけて舟に乗り込むと、女に手を差しだして舟にあげた。

「あ！」

　和助が驚きの声を漏らした。新兵衛も気づいた。

　たったいま舟に乗り込んだ男と女が、戸塚惣右衛門の捜している敵と妻に似ていたからだ。

「若旦那、見ましたか。あ、舟が出ていきます」

　和助が立ちあがる。釣られたように新兵衛も立ちあがって数歩進んだが、そのとき船頭が竿を使って舟を漕《こ》ぎだした。

「おい、いかがした？」

　新兵衛は厠から戻ってきた稲妻を振り返った。

「いま、遅れて舟に乗ったのは、戸塚様のお内儀さんと松谷助五郎という侍だった気がするのです」

「なにを……」

稲妻は遠ざかる渡し舟を見た。そして和助がつぶやくように言った。

「あの侍はあたしとちょいと目が合ったんでございます。そのとき、侍の口の横に米粒ほどの黒子がありました。細面で少し吊り目でした」

「和助、おれも気づいた。あれは戸塚惣右衛門様から聞いた松谷助五郎の人相に似ていた。稲妻さん、どうします？」

新兵衛は稲妻を振り返った。

「どうするもこうするも、舟は出てしまった。つぎの舟で追うしかなかろう」

七

三人はつぎの渡船を待ったが、よくよく観察すると、少し下流にも渡船場がある。それに渡し舟もつけられている。ならばあの舟に乗ろうと、三人は茶屋をあとにした。

すでに四、五人の客が乗り合わせており、船頭が早く乗れと急かす。乗り込めばこの川は流れが速いのでしっかりつかまっていろ、着物が濡れるからそれも覚悟しろと、結構乱暴な船頭だ。

いざ乗り込んで腰を据えると、岸から見たときよりたしかに川の流れが速いとわかった。それに対岸からやって来る渡船は、波に翻弄《ほんろう》されるように水押《みよし》を上下させている。

「舟を出すぞぉーい！」

船頭が声を張って竿で川底を突いた。舟はゆっくり流れに乗って少し下ったが、船頭が櫓《ろ》を使い、水押を対岸の渡船場に向け直す。さらに櫓を使ったかと思えば、素速く竿に持ち替えて操船したりする。なかなかの熟練者だ。

しかし、感心している場合ではなかった。急流に逆らって川をわたる舟は、川底に沈むように下がったかと思えば、急に水押をあげて浮きあがる。水飛沫《みずしぶき》が散り、うねる波が船中に入り込む。

新兵衛はなんだか目眩《めまい》を起こしそうで気分が悪くなった。油断すると振り落とされそうなので、片手で舟縁をつかみ、もう一方の手で横にわたしてある舟梁《ふなばり》をつかんでいた。

「おおっ、あがった。あれま、沈んだ。ハハハ」

川の流れに弄《もてあそ》ばれる舟のなかで楽しそうにしているのは和助だけだ。他の客は肝を冷やした顔をしている。子供は母親に抱きついていまにも泣きだしそうだ。

新兵衛は舟が転覆するかもしれないと気が気でない。稲妻を見れば、固く目をつぶり、背をまるめ、胴舟梁にしがみついている。

船頭は器用に舟を操っているが、矢のように流れる川の水は岩角にあたり飛沫をまき散らしている。

川中をようやくすぎた頃に、母親に抱きついていた子供が、「怖いよ。怖いよ」と、ついに泣きだした。

新兵衛も弱音を吐きたくなる。川をわたるのにこんな怖い思いをしたのは初めてだ。対岸の渡船場に着いたときには胸を撫で下ろし、安堵の吐息をつかずにはおれなかった。

そこは岩淵《いわぶち》という場所だったが、茶屋や飯屋がずらりと並んでいる。ちょっとした間の宿だ。

「若旦那、さっきの侍はどこに行ったんでしょう。ありゃたしかに戸塚様の敵でござんすよ。女のほうは菅笠に頬っ被りをしていたんで顔はわかりませんが……」

和助は怖い渡船から降りたばかりなのに平気な顔をしている。

「見つけたところで、おれには捕まえられねえ。相手は二本差の侍だ」

「稲妻さんがいます」

新兵衛は後ろを振り返った。稲妻がよろけるような歩き方をしている。

「稲妻さん、大丈夫ですか？　なんだか顔色がよくありませんね」

「なにを。わしはどうってことない。気のせいだ」

稲妻は舟梁にしがみついていたくせにそんなことを言って、

「妙に喉が渇いた。その辺で少し休もう」

と、先に歩いて茶屋の床几に腰を下ろし、ふうと大きなため息をついた。

茶屋の女たちは通行人を呼び込もうと、さかんに声を張っている。やれうまい茶がある、やれ酒がある、酒はふぐ酒だと言っている。

「おお、ふぐの酒ならうまかろう。これこれ、ひとつそれをくれ」

耳敏《みみざと》い稲妻は店の女に声をかけて注文した。運ばれてきたその酒を飲んだ稲妻は、

「ぷっはぁー。ああ、人心地ついた」

と、頬をゆるめる。

「ねえねえ若旦那、稲妻さん、どうするんです。松谷助五郎と戸塚さんのお内儀がここを通っているんですよ。もう先に行っていますよ」

「騒ぐな和助。わしらが関わることではない」

稲妻は関わりを避けたいようだ。新兵衛もできることならそのほうがよいと思う。

「でも、戸塚さんのお気持ちを考えると……」

和助は通りの先を眺める。

「ふん捕まえて問屋場に放り込んだところで、わしらになんの得がある。それに相手もおとなしく捕まりはせぬだろう。刀を抜いて斬りかかってくるやもしれぬ」

「血を見たくはありませんが、相手は不義をはたらいているのですから。助太刀をしても罰はあたりませんよ」

「そうしたければ、おぬしが勝手にやればよい」

「へっ、あたしにはとてもそんなことはできません」

和助はしゅんとなった。

「近くに戸塚さんがいれば教えてやるんですけどね」

新兵衛はそう言ってから、近くにいる店の女に声をかけた。

「さっきから栗の粉餅、栗の粉餅とうるせえが、そんなにうまいのかい?」

「へえ、岩淵の名物でございます。おひとついかがでしょう」

「もらおう」

新兵衛が言うと、和助も稲妻も食べると言う。栗の粉餅が運ばれてくると早速食した。餡《あん》が多くて甘い。栗が入っているのかと思ったが、まだその季節ではないので、栗の粉をまぶしてある。その栗の風味がふわっと口中で広がる。

「なかなか美味であるな」

稲妻がもぐもぐ食いながら感心する。

「稲妻さんは酒も飲めば甘いのも好物でござんすね。さすが、いずれは名剣術家になられる方は違いますねえ」

「あ……」

新兵衛は口に餅を入れたまま目をまるくした。稲妻がどうしたと見てくる。あれあれ、と新兵衛が指させば、稲妻がそっちを見て、「あ」と驚きの声を漏らした。

渡船場から戸塚惣右衛門がやってきたのだ。

第四章　夫婦仲《めおとなか》

一

「やや、おぬしらは」

茶屋の前で棒立ちになっていた新兵衛と和助に、戸塚惣右衛門が気づいた。

「戸塚様、いいところで会いました。じつは戸塚様の女敵がさっきこの立場を通っています」

新兵衛が言うと、戸塚はぐりぐりと目を動かし、くたびれた編笠をあげて遠くに視線を飛ばし、

「まことか」

と、目を光らせた。

「おれたちが乗った渡船より、小半刻ほど早い渡船で向こうの渡し場からこっちに来たのはたしかです。もうこの立場の先へ行っているはずです。いかがされます」

「いかがもどうもない。追うだけだ」

「しかし、松谷という侍の顔は見ましたが、連れの女の方が戸塚様のお内儀さんかどうかわかりません。菅笠に頬っ被りをしていたので顔はしっかり見ていませんか」

「なに、いっしょにいれば裏切り者の妻であろう。くそ、こうしてはおれぬ」

戸塚はそのまま行こうとするが、新兵衛が呼び止めた。

「助太刀はいりませんか。ここには無外流の免許持ち稲妻五郎さんがいます」

床几に座っていた稲妻がとたんに噎《む》せた。

戸塚惣右衛門は稲妻を見た。

「無外流の免許持ち。それは心強い。敵の松谷助五郎は藩中きっての練達者だ。悪くすれば拙者は返り討ちにあうかもしれぬ。ならば稲妻殿、助をしてくれるか」

「……ま、それは……お望みとあらば……」

稲妻は戸惑い顔を新兵衛に向け、気乗りしない顔で答えた。

「ならば、先を急ごう。ここに来て逃がす手はない」

戸塚が足を急がせて歩けば、新兵衛たちはそのあとにつづく。

「いらぬことを言いやがって……」

稲妻が苦い顔を新兵衛に向けてきた。

「人助けです。肚《はら》をくくるしかないでしょう」

「人任せなことを言いやがって……。相手は藩の練達者らしいではないか」

「稲妻さんの相手ではないでしょう。人を斬ったことはありますか？」

「……五人ほどばっさりやっておる」

新兵衛はほんとうかなと胸のうちで思う。

空を覆っていた雲の隙間から日の光がこぼれてきた。岩淵の立場をすぎると、両側はこんもりした山になった。緑濃くなった木々の向こうから鶯の声が聞こえてくる。

戸塚惣右衛門の足は速い。足の短い和助は遅れがちで、汗を噴き出しながらついてくる。

「見つかるかな……」

新兵衛に稲妻が顔を向けてくる。なんだか見つからないでくれという顔に見えた。

「戸塚様は見つけなければならないですからね」

「見つけたら斬り合いになるのだ」

「そうでしょう」

新兵衛は数間先を急ぎ足で歩く戸塚惣右衛門の背中を見る。

やがて蒲原宿の東木戸になる中之郷村《なかのごうむら》に入った。少しずつ民家が増え、そのうち宿場の通りになった。通りの両側に旅籠や茶屋や飯屋が並んでいる。

戸塚は茶屋や食い物屋に目を光らせている。

「まだ日の高いうちだ。旅籠に入ったとは思えぬ。どこかで休んでおればよいのだが……」

戸塚はぶつぶつ言いながら茶屋の客や飯屋をのぞき、先に足を進める。

「この宿場は通り過ぎたのかもしれぬ。ならば先の由比宿《ゆいしゆく》か……」

戸塚はそう言ってさらに足を速め、あっという間に蒲原宿を過ぎた。

「戸塚様、なぜ富士川をわたって見えたんです。もしや相手の居所を突き止められたのですか？」

新兵衛は戸塚に追いついて問うた。

「勘だ。やつらは遠くへは行かぬ。それに、松谷には死んだ妻の乳飲み子がいる。いずれその乳飲み子を連れに行くはずだ。そろそろその時分だと見当をつけたのだ」

「すると、敵である松谷さんを討てば、その乳飲み子は父《てて》なし子になりますね」

「あたりまえだ。赤子に恨みはないが、それが宿命であろう」

「その乳飲み子はどこにいるのです？」

「やつは妻を亡くしたあとで親戚の家に預けておる。いずれ引き取りに行くのはわかっておる」

なるほど、それで女敵の動きに見当をつけたということか。

「その乳飲み子は母をなくし、父をもなくすことになるのか。不憫《ふびん》なことだ」

稲妻は同情する。

「情けをかけたら敵討ちはできぬ。そうであろう」

戸塚が目を光らせて、稲妻を振り返った。

「ま、さようでしょうが……」

新兵衛は戸塚の女敵討ちを止める策はないかと考えた。乳飲み子のことがあるからだ。

左手にまた海が見えてきた。青々としたきれいな海だ。雲間からこぼれる日の光が、その海を光らせていた。

（あの茶屋で余計なことを言わなきゃよかったな）

新兵衛は歩きながら後悔した。「いらぬことを言いやがって……」と、自分を咎《とが》めた稲妻は正しかったのだ。

蒲原から由比までは一里と短い。それに戸塚の足が速いので、蒲原から半刻もかからずに由比宿に入った。

小さな宿場だがやはり旅籠や茶屋が軒を並べている。戸塚はそんな店に目を光らせて歩く。本陣と思われる屋敷を過ぎ、問屋場を横目に見て宿外れまでやってきた。地蔵尊のある先に橋が架かっており、それを過ぎたときだった。

「やや、見つけたぞ」

戸塚が低い声を漏らした。新兵衛ははっとなって往還の先を見た。女を連れたひとりの侍が歩いていた。

二

「もう逃がさぬ」

戸塚惣右衛門はいきり立った顔でつぶやくと、小走りになった。

「稲妻さん、止めてください。敵討ちをやめさせてください」

新兵衛は訴えた。

「なに」

稲妻が目をみはる。

「相手の松谷さんには乳飲み子がいます。松谷さんが斬られたら、その子は孤《みな》児《ご》になります。それは可哀想すぎます」

「まあ、わかる。されど……」

稲妻はすでに遠くにある戸塚の背中を見た。そのさらに先を松谷助五郎と戸塚の妻が歩いている。

戸塚が声をかけたらしく、その二人が立ち止まって振り返った。すかさず松谷助五郎が刀を抜いた。戸塚も刀を抜いて間合いを詰めている。

「松谷助五郎、今生の別れだ。言い条があれば申してみよ」

戸塚は左足を前に出し、刀を脇構えにして言い放った。

「………」

松谷はきりっと口を引き結び黙っている。刀は正眼で、剣先は戸塚の喉に向けられていた。色白の顔にある目を引きつらせている。

「なにも言うことはないか。ならば、うぬの命もらい受ける。よりによっておれの妻に手を出すとは思いもいたさぬことであった。美津《みつ》、よくもおれを裏切ったな。いまさら言いわけなど聞きとうないが、なにゆえ松谷と逃げた。たぶらかされたか。それとも無理矢理手込めにされたか」

にらまれた戸塚の妻は、怯え切った顔で脇の松の木に寄りかかっている。

「言え！　言わぬか！　なにゆえ、おれを裏切ってこんな野郎と逃げた！」

戸塚が怒鳴ると、美津は跪いて許してくれと声をふるわせた。

「見苦しい女め。おれがいかほどの恥をかいたか。いかほど後ろ指をさされる男になったか、そのことを考えたことがあるか！」

「お前様があまりにもひどいことをするからです。酒を飲んでは罵詈雑言《ばりぞうごん》でわたしを責め、何度も足蹴《あしげ》にしたではありませんか。わたしはそんなお前様について行けなくなったのでございます」

「だから松谷に身を許したのか」

「いいえ、わたしと松谷様は清い間柄です。たしかにお前様から逃げましたが、松谷様はわたしに指一本触れていません。まことでございます」

「くそっ。忌々《いまいま》しい。美津はそう言うが、松谷、うぬは手を出したであろう」

「美津殿がおっしゃるとおり指一本触れておらぬ。嘘ではない。美津殿はおぬしの扱いがひどいから、頭を冷やしてもらいたい、しばらく身を隠せばきっとおのれのことを顧みるはずだと言ってわたしを頼っておいでになった。わたしはひと晩で帰るように諭《さと》したが、美津殿は原宿に住まう妹殿の家にしばらく行くので送ってくれと言われた」

「いっしょに道行きをして、なにをたわけたことを。いざ勝負だ」

戸塚はさっと刀を上段に振りあげた。

「嘘ではございません。松谷様は何度もわたしに家に帰るように諭されました。されどわたしは、すぐに帰る気がしなかったのです。それで松谷様は妹の家に送ってくださっただけです」

「今日は藤枝の家に送り届けるところだったのだ」

松谷が言葉を添えた。

新兵衛は稲妻の腰のあたりをつつき、仲立ちをしてくださいと低声で言った。稲妻は心得顔をしてうむとうなずき、前に出た。

「なにをしやがる。邪魔だ！」

松谷を庇《かば》うように立った稲妻に、戸塚がいきり立った。

「戸塚殿、お内儀も松谷殿もそうおっしゃっておる。疑う心もあろうが、人の話を信じてやるのも武士の心得でござろう。無闇に人を斬れば、のちのち後悔し、気を苛《さいな》むことになるのではなかろうか。刀を引いてくだされ」

ほう、と新兵衛は稲妻に感心した。なかなかいいことを言う。戸塚は首をかしげ、ぎらつかせている目で稲妻を凝視した。

「相手が誰であろうと、人を斬るのは気持ちのよいものではない。お内儀は家に帰るつもりだったようだ。腹立ちもあろうが、ここは一旦怒りの矛を収め、家に帰ってゆっくり話し合われたらいかがでござろう」

「お前様、家を出たことを許してくれとは申しません。されど、松谷様には罪はありませぬ。松谷様は必死にわたしを諭されつづけていたのです。それで、わたしもようやく納得してお前様のもとに帰ることにいたしたのです。まことでございます。それが気に食わなければ、どうぞわたしを斬ってくださいまし」

松の木に寄りかかっていた美津は、両手をついて頭を下げた。

戸塚は妻を見下ろし、それから松谷に目を向けた。

「美津はさように言っているが、まことか？」

「嘘ではござらぬ。わたしは貴公の家に送り届けるところだったのだ」

ふっと、戸塚は息を吐き上段に振りかぶっていた刀を下ろした。

「戸塚殿、刀を納めてくだされ。松谷殿、そなたも……」

稲妻が勧めた。先に松谷が刀を鞘に納めて下がった。

「くそ、手を焼かせやがって……。ふん、とんだ茶番であった」

戸塚も刀を納めた。

それを見た稲妻が後ろに下がる。新兵衛は胸を撫で下ろした。

「よし、話は家に帰ってよくよく聞くことにする。ついてまいれ」

戸塚は顎をしゃくって美津を促し、新兵衛たちを振り返り、

「お恥ずかしいかぎりだが、世話になった」

と言って背を向けた。

戸塚と美津が先に歩き、そのあとについた松谷が、新兵衛たちを振り返り軽く会釈をした。

「はあ、斬り合いになって血を見るかと思ったざんす」

戸塚らの姿が遠くになってから、和助が安堵の声を漏らした。

「稲妻さん、見事な仲立ちでした」

新兵衛はそう言って稲妻を見た。稲妻はさっき美津が寄りかかっていた松の根方に尻をついて座っていた。

「稲妻さん、どうしたんです？」

「なんでもない。うまくいってよかった」

稲妻はそう言って汗をぬぐったが、それは脂汗のようだった。

三

「ひゃあー、雨が降ってきたよ」

小泉屋新右衛門が店に戻ってきたのは出かけてすぐのことだった。それも裏の木戸口から台所に飛び込んできた。

「なんです。傘はお持ちにならなかったのですか？」

台所にいたおようは亭主にあきれ顔を向けた。

「朝から降りそうな雲行きだったではありませんか」

「そりゃわかっているけど、いきなり降ってくるとは思わなかったんだよ」
新右衛門は手拭いで濡れた肩や髪を拭きながら言う。
「出かけるのはあとにしよう。なにも急ぎの用ではないんだ」
「今日はずっと雨だと思いますけど……」
この亭主はいったいどこへなんの用で出かけるつもりなのだろうかと、およう
はちらりと新右衛門を見る。
「茶を飲もう。お高《たか》さん、淹れてくれるかい」
そのまま新右衛門は茶の間にあがり込んで胡坐《あぐら》をかく。出かけないなら帳場に
行けばいいのに、とおようは思う。
近くに亭主がいるだけで気持ちが落ち着かなくなる。いつからそうなったのだ
ろうかと考えるが、その答えはわかっている。
しかし、その因を作ったのは亭主だ。深川の芸者に入れあげ、挙げ句馬鹿高い
金を払って身請けし、向島に寮を作りそこに住まわせている。いまさら嫉妬など
しないけれど、それでも腹が立つ。
囲った妾にはやさしく接し、じつの女房は邪険に扱う。もっとも乱暴された
り、暴言を吐かれることはないが、夫婦の間には深い溝ができている。いまや形

だけの夫婦だ。

「おとっつぁん、出かけなかったんですか」

帳場にいた次男の新次郎が一冊の帳面を持ってやってきた。

「出かけたとたん降られてしまったんだよ。雨がやんでから行くよ」

「それならこれを見てください」

新次郎は帳面を新右衛門にわたした。が、新右衛門はぱらぱらとめくっただけで突き返した。

「小兵衛《こへえ》さんが見ているんだろう。それで間違いなければ、わたしが見るまでもない。それにおまえもたしかめたんだろうね」

小兵衛というのは小泉屋の古番頭《ふるばんとう》だ。

「それはしっかりと……」

「気にかかることがなけりゃいいだろう。お上の締めつけもすぐというわけではなさそうだし、他の札差連中も胸を撫で下ろしている。慌てることはなにもない」

「そうはおっしゃいますが、二年あるいは三年先はわかりませんよ。戸倉屋《とくらや》の旦那さんは札差業も長くはつづかないかもしれないとおっしゃってます」

「あの人はいつも後ろ向きなことを言う。悪い癖だ。考えてごらん。札差がなくなれば、真っ先に困るのは札旦那たちだ」

「それはそうでしょうが、棄捐《きえん》を申しつけられたら、貸付金が取れなくなります。棄捐令が出なくても、利息の減免《げんめん》はあるだろうという話です」

「そりゃどこで聞いた話だい？」

およしは自分の座敷に行こうと思っていたが、亭主と新次郎の話を聞いているうちにその場を離れられなくなった。札差業にはあまり好ましくない話が浮かびあがっていた。小泉屋は札差商売で大きな利益を出しているが、栄枯盛衰《えいこせいすい》は世の常で、幕府のきつい締め付けがあれば、将来どうなるかわからない。

およしは夫の新右衛門になんの愛情も感じなくなっているが、不自由はしていない。いい着物を着て好きなものを買うことができるのは、新右衛門がいるからだ。もし、店が潰れるようなことになれば、おそらく行き場を失ってしまうだろう。

夫はともかく、店は安泰でなければならない。

「他の店の人がそんな噂をしています」

「みんな肝っ玉の小さいことを言う。お上ははっきり、こうするああすると言ってはいないのだ」

「まあ、そうでしょうけど、片町組《かたまちぐみ》のなかには商売替えを考えている店もあると聞きました」

「そりゃほんとうかい？　片町組のどこの店だい？」

新次郎は「さあ、それは」と、首をかしげる。御蔵前で営業する百軒近い札差は、片町組・森田町組《もりたちょうぐみ》・天王町組《てんのうちょうぐみ》に分かれている。

新右衛門と新次郎はしばらく札差業の向後《こうご》の行方について話していた。そばで聞いているおようは、ぼんやりと将来のことを考えた。

自分はあと何年生きられるだろうか？　清三郎との仲はあと何年つづくだろうか？　自分はもう四十大年増で、先行きは長くない。若い清三郎はいずれ、自分を捨て若い女をもらうだろう。そんなことは考えたくないが、清三郎をつなぎ止めているのは、御蔵前の大札差の女房という立場なのはわかっている。

清三郎に捨てられたら、やはり頼れるのはいまや形だけの夫の、新右衛門だけだ。所詮金がものを言う世の中なのだ。男と女の仲も金かもしれない。

およう はぼんやりと清三郎の顔を思い浮かべる。

（清さん、あと五年はわたしを捨てないで……）

それは単なる希望かもしれないが、そう願わずにはいられない。

「兄さんはいま頃どこでなにをしているんでしょうね」

新次郎の声でおようは我に返った。いつしか商売の話は終わり、道楽息子の新兵衛の話に移っていた。

「もう半月はたつだろうから、京にいるかもしれないね。京に行ったら戻ってくると言っていたが、あいつのことだからわからないよ」

新右衛門はそう言ってお高に茶のお代わりをねだった。

「今度帰ってきたら、山城屋のお菊さんとの話をしっかりまとめなければなりませんね」

おようは口を挟んだ。

「そうだね。いつまでも遊ばせておくわけにはいかないからね」

新右衛門は至極真面目顔で答えた。

「お見合いの席を設けたらいかがでしょう」

「うん、それはいいかもしれない。新兵衛もお菊さんと顔を合わせれば、気持ちが変わるかもしれない」

「是非とも、そうしましょう」

四

新兵衛たちは由比宿から薩埵峠《さったとうげ》を越えて興津宿《おきつしゅく》でひと休みしていた。

そこは問屋場のすぐそばの茶屋だった。

「この裏の海は干潟《ひがた》であろうか。水が少ないな。漁師舟も見えなかった」

小用を足してきた稲妻が戻ってきて床几に座った。

「いまは遠浅の干潟でございます。今日はあいにくの天気でございますから、眺めはさほどではございませんが、晴れた日には三保《みほ》の松原《まつばら》も見えます」

茶を運んできた腰の曲がった店の老爺《ろうや》が教えてくれる。

「三保の松原……どの辺に見えるんだ？」

新兵衛は老爺に聞いた。

「ここからじゃ見えません。裏にまわってくだされればわかります」

「それじゃ、そっちへ行ってみるか」

新兵衛は腰をあげて老爺を案内に立たせた。和助もあとをついてくる。店の裏手は少し高台になっており、すぐ先のほうに黒い岩礁《がんしょう》が剝き出しになっていた。

「あのあたりです。ああ、今日はやっぱり天気が悪うございますね。目をつむってくださいましな」

　新兵衛は目を閉じた。

「この先の右手のほうに松林が広がっております。曇り空の下なので黒っぽく見えるでしょうが、晴れた日には松の緑が鮮やかで海の青と相まって、それはそれは絶景でございます。その松林のそばは広い砂浜で、波打ち際から見える富士は日本一の見事さです」

「おお、あたしには松林を吹きわたる音が、琴の調べのように聞こえます。波は鼓《つづみ》の音でございましょう。若旦那、目を開けているときより閉じているほうが風流でござんす。ふしぎなもんでございます」

　和助が目をつむったまま言う。

「あれ、あなた様はよくおわかりになりますね。三保の松原に行ったことがあるんじゃございませんか」

　老爺は和助を見た。

「いやいや、あたしは夢にも見たことがない。でも、目をつむると頭にその絵が浮かんでくるようでござんすよ」

「ハハハ、お客様は風流な方でございますね」

「おれはこの目でしっかり見てえんだがな」

新兵衛が目を開けて言えば、

「それなら晴れた日に是非見てください。お江戸からですか」

と、老爺がしわ深い顔を向けてくる。

「江戸は浅草の森田町だ」

「どうりで垢抜けた旅人さんだと思いました。お伊勢参りでございましょうか？」

「伊勢はよして京に行くところだ」

「それはそれはまた楽しみでございますね」

老爺はそう言って店のほうに引き返す。新兵衛と和助もあとにつづく。

「その問屋場の脇の道は寺の参道のようだけど、なにか徳があるのかい」

「耀海寺《ようかいじ》でございます。徳はございます。とくに境内にある夏心堂《かしんどう》は万病に効くご利益があります」

「薬もご利益もなんでも万病に効くというのは、よくある世の常でござんすね」

和助が茶化したが、老爺はいたって生真面目な顔でつづける。

「いえいえまことでございます。昔々、その昔、夏心了道上人《りょうどうしょうにん》がおられました。上人はもとはお武家様で、瘡毒《そうどく》を患っていました。そのことでずいぶん辱めを受け、嫌われ、馬鹿にされて苦しんでいたそうです。あるとき、我慢できぬほど貶《けな》されたときに、堪忍袋の緒もこれまでと、さっと刀を抜くや一撃のもとに相手を斬り捨てられました。そのときおっしゃったのです。『われは病に苦しみ今日の所業に及ぶ。以降、我と同じ病に悩む者あらば、信じる者を救わん』と、さように申され自害されました。そのことで当時の住持が小堂を建て夏心堂と名付けたところ、参詣者《さんけいしゃ》があとを絶ちません。それだけ霊験顕《れいげんあら》わなのです。病でお悩みごとがあれば、是非にもお詣りくださいまし」

「まあわしらは至って元気だからいまのところその必要はない。若旦那、そろそろまいるか」

稲妻は老爺の話にはまったく興味ないらしく床几から立ちあがった。新兵衛もあとにつづく。

「あの茶屋には団子がありましたね。食ってくればよかった」

しばらく行ったところで、和助が思いだしたように言った。

「わしは餡のたっぷり塗られた団子を食った」

そう言う稲妻の口の端に餡がくっついていた。

「うるさい犬が足にまとわりついて、くれくれと吠えるので恵んでやったわい」

「稲妻さん、その犬はあんがとうと言ったでしょう」

和助が稲妻の口についている餡を見て言う。

「そんなこと言うものか。ワンワン吠えるだけだった」

「それはあんあんと吠えたんですよ。アハハ。稲妻さん、口に餡がついています」

言われた稲妻は、舌を出してべろりと嘗め取った。

「駿河は天気がよければ眺めがよいのだろうな。三保の松原もこの曇り空では台なしだな。そういや、薩埵峠で残念がっていた旅人の親子がいたな」

新兵衛は薩埵峠で出くわした親子の旅人を思いだした。

伊勢参りの帰りだという親子は、もう一度薩埵峠で富士を仰ぎ見たいと言っていた。伊勢に行くときには、峠から見える富士が素晴らしかったらしいが、そのとき富士は雲に隠れて見えなかった。

「たしかに東海道は富士を眺める場所が多い。多すぎてだんだん見飽きてきたわい。それに江戸からも房州《ぼうしゅう》からでも富士は見える」

稲妻は醒《さ》めたことを言う。

「ところで若旦那、おぬしは商売のための旅だと申しておるが、なにかよい考えでも浮かんだか……」

「稲妻さん、よいことをお訊ねになります。おれもただぼんやり歩いているわけではないんです」

「ほう、するとなにかよい閃きでもあるか？」

「旅籠です。旅人は必ず旅籠に泊まります。旅籠商売はなかなか馬鹿にできないというのがわかりました。街道は参勤交代で諸国の大名家も使います。つまり、旅籠は重い役割を担っています」

「ふむ」

「それは江戸も同じです。江戸には遊びにくる旅人もいれば、商売に来る商人もいます。そんな旅の客を取り込める大きな旅籠を作ったらどうかと、ぼんやりですが考えつきました」

「大旅籠か……いかさまな」

「客の気分をよくするもてなし、うまい料理と酒、居心地のよさ。今度来たらまたこの宿に泊まりたいと思わせるような旅籠です」

「若旦那、それは素晴らしい妙案でございますよ。さすが若旦那はお考えになることが違います。江戸のどこにも、諸国のどこにもない旅籠でございますね。

あ、雨が降ってきやした」

和助が空を見あげた。新兵衛の菅笠にぽつりぽつりと雨のあたる音がする。乾いた地面にも黒いしみが作られていった。

「ついに降りだしたか。先を急ぐか」

稲妻はそう言って足を速めた。

五

曇っていた西の空に晴れ間が見えたと思ったら、もう日は落ちかかっており、雲は茜色に染められた。それでもすぐに日は沈みそうになく、江戸の町は西日に照らされていた。

山城屋の箱入り娘お菊は、母親のお園に誘われて本所藤代町《ほんじょふじしろちょう》にある料理茶屋「中川屋《なかがわや》」へ行って来たばかりだった。

中川屋は隅田川の川筋にある料理屋のなかでも上々吉《じょうじょうきち》の店で、二階座敷からの眺めは格別だった。

「今日はよかったわ。去年は座敷を取り損ねてしまったけれど、今年はちゃんと座敷を取ることができて」

お園は大橋をわたりながら安堵の笑みをお菊に向ける。座敷を前以て確保したのは、川開きに合わせてのことだった。その日の夜、大川《おおかわ》から花火が打ちあげられる。大川端も大橋の上も花火見物の人で埋まり、川沿いの料理茶屋も大賑わいだ。

屋形船や屋根舟も客でいっぱいになり、川には酒や食べ物を売りまわるうろうろ舟も出る。

「わたしは屋形船のほうがよかったんですけど……」

「それは去年しくじったではないの」

昨年の川開きでは屋形船から花火見物をしたが、他の舟が邪魔になり、また花火の煙が流れてきて、せっかくの花火を満足に見ることができなかった。

「船頭が頓馬《とんま》だからですよ」

「まあ、なんという口の利き方。慎みなさいまし。あんたは嫁入り前なんですからね」

お菊はひょいと首をすくめる。

「それに舟は揺れるから酔ってしまいます。中川屋の二階座敷ならそんなことはないし、眺めも申し分ないわ。それにあの店の板前の腕がいいのか、料理はなにもかも美味しいのよ。いまから楽しみね」

お園はうきうきした顔をお菊に向ける。

二人は大橋をわたると、柳橋《やなぎばし》から御蔵前の通りに出た。母親から少し遅れて歩くお菊は、どうせなら船屋の市之進と花火見物をしたいと思う。中川屋へは父幸兵衛《こうべえ》以下母を含めて六、七人の奉公人たちが行くことになっている。

父幸兵衛は奉公人たちに酒を振る舞い、どんちゃん騒ぎをするに違いない。花火見物とは名ばかりで、みんな酒を飲みうまい料理を食べたいだけなのだ。そんななかにいても、お菊はおもしろくない。

（市之進さんとなら……）

お菊は市之進の凜とした顔を思い浮かべる。市之進と二人きりで花火見物ができたらどんなにいいだろうか。そっと手をにぎってもらい、そしてお菊は市之進の胸に頰を寄せる。そんなことを考えただけで、お菊は頰が赤くなる。

「あら、小泉屋のおかみさん」

急にお園が立ち止まって会釈をした。そこは森田町にある小泉屋のすぐ近くだった。

「これは山城屋のおかみさん、どこかへお出かけでしたか。あら、お菊さんもごいっしょに」

相手は小泉屋のおようというおかみだった。何度か顔を合わせているので、お菊は丁寧にお辞儀をする。

「いつ見てもお菊さんはおきれいですわね。それにお着物がよくお似合いで……」

おようは目尻に小じわを走らせて微笑む。

お菊は流水文様を裾にまわした縮緬《ちりめん》の小袖に、紺の紗《しゃ》の帯を締めていた。

「もうすぐ川開きでございましょう。その日の店を取りに行って来たんでございます」

お園は話を戻した。

「それはまたお楽しみでございますわね。どちらの料理屋さんかしら？」

「藤代町の中川屋さんです」

「あらま、それは羨ましいかぎりです。中川屋と言えば、両国界隈で一二を争う名料理屋ではございませんか。お菊さんもごいっしょなさるのね」

「はい」

お菊はか細い声で答える。

「それでご長男の新兵衛さんはいつお戻りなんでしょう。いまは旅に出ていらっしゃるのですよね」

「はい、商い修行の旅と言っていますけれど、どこでなにをしているかわかりません。便りのひとつもくれたらいいのにと思っているのです」

「男の人はそんなもんでしょう。でも、新兵衛さんはしっかり屋さんですから、きっといい商売の修行をされてますわよ」

「そうだといいのですけれど……。あ、そうそう新兵衛が戻ってきたら一度、お菊さんと顔合わせの席を設けたいと考えているのですけれど、いかがでございましょう」

おようはお菊とお園に視線を往復させる。

（いやだ）

お菊は胸のうちでつぶやくが、お園は快《こころよ》く言葉を返す。

「顔合わせをしたらどうかと、うちの亭主とも話していたのですよ」

「それはようございます。では、あの子が戻ってきたら早速段取りをつけることにいたしましょう。お菊さん、さようなことですからよろしくお願いいたしますね」

「あ、はい」

お菊は形だけだが、ぺこりと頭を下げる。

「それじゃあご主人にもよろしくお伝えください」

お園は軽く会釈すると、おようと別れた。

「いいところで小泉屋のおかみさんに会ったわね」

お園がお菊を振り返る。

「そう……」

「素っ気ないわね。新兵衛さんが旅から帰って見えたら、顔合わせよ。楽しみにしてらっしゃいな。きっとあんたも気に入るに違いないわ」

わたしにはその気がないと言いたいが、お菊は黙って歩く。

西の空に浮かぶ雲を赤く染めていた日は翳《かげ》りはじめていた。

「おっかさん、わたし用を思いだしたので先に帰ってください」

駒形町まで来たとき、お菊はお園に声をかけた。

「そう。遅くなるんじゃありませんよ」

お菊はすぐに帰ると言ってからお園を見送り、蠟燭問屋船屋のある並木町の通りに足を進めた。

（市之進さんに会えますように）

胸のうちで手を合わせるようにつぶやく。

六

旅籠の屋根を激しく雨がたたいている。

その分涼しいのはいいが、道中でずぶ濡れになった新兵衛たちは、褌一枚になって濡れた着物を客間のいたるところに干していた。

新兵衛はどうせなら宿場で一番高級な宿に泊まりたかったのだが、そこは宿外れの粗末で小さな旅籠だった。女中も四十過ぎの大年増で、旅籠の主人も腰の曲がった年寄りだった。

「あらあら、ずいぶん干し物がありますね」

茶を運んできたのは旅籠の女房で、裸同然の三人を見ても動じない。

「しゃあねえさ、この雨に祟られちまったんだ」

新兵衛は手拭いで濡れた髪を拭きながら答えた。

「火鉢に火を熾《おこ》してきましょうか。それより風呂《ふろ》窯《がま》の前で乾かすと早いでしょう。うちは五右衛門風呂ですから表の焚き口で乾かせます」

「そうか窯の前なら早く乾きそうだな。湯に浸かるついでにそうするか。和助、風呂の焚き口にこれを持って行って乾かしてくれねえか」

「ええ、あたしがこんなにたくさんを……」

部屋の四方に細縄を通し、それに濡れた着物や手甲脚絆を所狭しと吊るしているので、互いの顔を見るときには、その干し物を手で払わなければならない。

「お客さんらは江戸の人でございますね。すぐにわかりますよ」

「なぜそうだとわかる?」

「そりゃもう長く客商売をしているとすぐにわかります。宿帳を書いてくださいな」

女房は塩辛声で言って宿帳を新兵衛に差しだす。

「今夜はうまくて精のつくものを食いてぇが、なにかあるかい?」

新兵衛は宿帳を書きながら聞く。

「魚が美味しゅうございます。なにせ海が近いですからね。それに山芋に空豆に牛蒡もなかなかの味でございます」

「魚はなんだい?」

「鰹に鯵に鯛がいいでしょう。ですが、川で獲りたての鮎《あゆ》もあります」

「おお、鮎の塩焼きで一杯やりたいものだ。婆さん、鮎を頼む。ついでに酒を五合ばかり持ってきてくれ」

稲妻が頼めば、女房ははいはいと答えて部屋を出て行った。干し物を抱えた和助が風呂の焚き口に行けば、新兵衛は湯殿に向かった。

雨は降りつづいている。櫺子《れんじ》格子の窓を開けると、雨音が高く聞こえる。

「ひゃあー。こりゃ水風呂じゃねえか」

どぼんと風呂桶に入るなり、新兵衛は飛びあがった。

「和助、そこに薪はあるか？」

「あります」

「湯が沸いてねえから、薪をくべて焚いてくれ」

へえへえと和助が表から返事をする。新兵衛は冷たい水風呂に浸かり肩をすぼめて湯が沸くのを待つ。だんだんに水がぬるくなってきた。同時に煙が湯殿に入ってくる。

「煙いぞ和助。煙が多すぎるんじゃねえか」

「薪が新しゅうございますから煙が出るんです。でも火はどんどん燃えています。これなら着物は早く乾かせますよ」

「それはいいが、煙だらけだ。ああ、目が痛ぇ、息が苦しい」

煙は濃い霧のように湯殿に充満する。

「ああ、煙い、息が息が……」

「若旦那、なにかおっしゃいましたか？　火はくべていますよ。温かくなりましたか」

「煙くてたまらん。目を開けてられねえ。ああ、息も苦しい」

新兵衛は這うようにして湯涌から出ると、廊下まで行ってばたりと倒れ、大きく息を吸って吐き、喘ぎ喘ぎ廊下を這い進んだ。

「あれあれどうなさいました。ま、素っ裸ではありませんか」

宿の女房が声をかけてきた。

「風呂で死にそうになったんだ。もう風呂はいい。水に浸かっただけで十分だ」

「どうしてそんなことに……あれ、火事かしら。煙がもくもく流れてくる。あんた、あんた！」

女房は帳場のほうにすっ飛んでいった。

新兵衛は手拭いで股間を隠して客間に戻った。

「なんだか騒がしいな。火事だとか煙がとか騒いでおるが……」

のんびり酒を飲んでいた稲妻が声をかけてきた。

「和助の野郎が風呂を焚いてんです。その煙が窓から入ってきて、おれは死にそうになりました」

新兵衛は新しい襦袢を羽織った。

「へえ、そりゃどういうことだ」

「その前におれにも酒を……」

新兵衛は手を伸ばして銚釐《ちろり》をつかみ取り、ぐい呑みにつぎ、ひと息であおった。

「ぷはーっ、ああ、生き返った」

新兵衛が人心地つくと、騒がしい声が聞こえてきた。やれ煙がやれ火事だなどと宿の者たちが慌てた声をあげ、どたばたと廊下を走る音がする。しかし、それも間もなくやみ静かになった。

「なんだあの騒ぎは？」

稲妻が廊下に目を向けるので、新兵衛は風呂場でのことを話してやった。

「そりゃ災難だったな。風呂で死んだら洒落《しゃれ》にならぬ。それにしてもこの鮎の塩焼きはうまいぞ」

「それじゃおれにも……」

新兵衛は皿に盛ってある鮎の塩焼きに手を伸ばし、手酌で酒を飲む。

和助が着物を乾かしたと言って戻ってきたのは、それからしばらくしてからだった。

「旅籠の連中が騒いで、あたしのところに来て、そんなに火を焚いちゃだめだとぬかすんでやんす。ついでに年増の女中は、それじゃ火事になると腰をぬかしましたよ。あたしゃ煙に巻いてきました。アハハ」

能天気な和助はせっせと乾いた着物をたたみはじめた。

七

昨日の雨はどこへやら、翌朝の空はからっと晴れわたっていた。

乾いた着物を着た三人は、新しい草鞋に履き替え旅籠を出た。濡れた道が朝日に照り輝いている。あちこちの旅籠から出てきた宿泊客が、江戸方面に向かったり、京方面に向かったりしている。

三人は本陣と思われる屋敷を通り過ぎ、巴川《ともえがわ》に架かる稚児橋《ちごばし》をわたった。その先に高札があり、眺めている男がいた。膝切りの着物を尻端折りし、半纏を着ている。宿場の者らしい。

「なにかめずらしいことでも書いてあるんざんすか？」

和助が声をかけると、男が振り返った。

「いや、いつも同じだ。旅人さんはどこへおいでになる？」

「京だよ」

「そらご苦労なこった。昨日の雨で川留めにあうかもしれないよ。それにどこぞの大名家がこっちに来てるらしいから、これから先は面倒になるよ」

「面倒はご免どうだけど、あたしらは心配入谷《いりや》の鬼子母神《きしもじん》ざんす」

男は和助の洒落がわからないらしくきょとんとしている。その代わり、そこの橋は稚児橋と呼ばれるが、謂《い》われがあるんだと教える。どんな謂われだと新兵衛が聞けば、

「これは権現《ごんげん》（家康）様がお架けになったんだ。それで渡り初《ぞ》めをした年寄り夫婦が歩いて行くと、そこの川から突如童子《わらべ》があらわれ、駿府のほうに歩いていったんだ。それから稚児橋と言うようになった」

と、得意げに話した。

「そりゃ幽霊か、作り話だろう」

新兵衛が意に介さずあしらうと、男はふんと鼻を鳴らして歩き去った。

三人はそのまま足を進めるが、左手の海のほうにきれいな松林と砂浜が見えてきた。

「こりゃいい眺めだ」

稲妻が立ち止まって眺める。新兵衛も和助もその景色にしばし見入った。松林の向こうにある海には、白い帆を張った何艘もの舟が浮かんでいた。

「あれは三保の松原でございますよ。今日は天気がよくてよく澄んで見えます」

後ろから来た旅の老爺だった。杖をついて背中に大きな荷を担いでいる。

「ほう、三保の松原であったか。昨日は曇っていてよく見えなかったが、晴れた空の下で見るとなるほど絶景であるな」

「わたしは伊勢へ七度、熊野《くまの》へ三度旅をしておりますが、ここの眺めはほんとうにようございます。ではお先に」

老爺は軽く会釈すると、そのまま先に歩いていった。

「あの女敵討ちの戸塚惣右衛門さんはどうされたでしょうかね」

和助が思いだしたように言った。新兵衛もそのことは気になっていた。うまく話ができて無事に収まっていればよいと思うが、惣右衛門は気が短そうだった。

しかし、剣の腕は松谷助五郎のほうが一枚上手に見えた。

「先に藤枝に戻っているはずだが、どうしているだろうな」

稲妻も気になっているのか、そんなことを言う。

「馬子でも雇っていれば、もう藤枝の屋敷に戻っているはずでしょう。まるく収まっていることを祈るだけです」

しばらくすると追分《おいわけ》というところに来て、小さな茶屋があり、店の女が通行人にさかんに声をかけている。羊羹《ようかん》はいかがです。お茶もあります。駿河の茶でございます。羊羹を召しあがれ。

「飯はさっき食ったばかりだ。羊羹なんぞいらぬ」

稲妻が女に言葉を返す。

「羊羹はようくわんそうだ。ようくわん、ようくわん。悪いね悪いね」

和助も洒落言葉を返した。新兵衛は苦笑いをする。海はすでに見えなくなっており、海道は小高い山と田畑に挟まれてきた。

府中宿《ふちゆうしゆく》方面から数人の旅侍が急ぎ足でやってくれば、乗掛を雇っている坊主もくる。そのあとから杖をついた三人連れの旅の女たち。いずれも年増で、目が合えば軽く会釈をしてすれ違う。

昨夜の雨で濡れた道には馬の糞《ふん》が転がっている。油断していると踏んでしまいそうだから気をつけなければならない。

「浚《さら》え、浚えと言ってんだ。お殿様のお通りだ」

大八を引いている男が、歳若い男に荒っぽい声で指図していた。

「なんでおいらがこんなことやらなきゃなんねえんだ」

若い男は不満顔で言葉を返し、もういやになったと言う。

「そんなこと言ったってしょうがねえだろう。おれたちに番がまわってきたんだ。やるしかねえだろう」

「だったら親父がやってくれ。おれは大八を引く」

「ならねえ。おめえがやるんだ。村の者は誰でも糞掃除をしてきたんだ。おめえの番がまわってきたら、おめえがやるしかねえんだ。糞のあるところに殿様が来たら打ち首にされるかもしれねえんだ」

「もう大分拾ったじゃねえか。このくらいで勘弁だ」

「ならねえ！　かきのけてかき集めんだ。やれ、やらねえか」

どうやら親子らしい。二人とも捻り鉢巻きに褌、それに継ぎ接ぎだらけの野良着だった。近くの村の百姓だろう。二人は街道に落ちている馬糞の掃除をしているのだった。大八にはその糞を入れる大きな桶が積んであった。

譜代大名家の参勤交代の時期である。おそらく近々どこかの大名家の行列が通るのだろう。新兵衛は親子のやり取りを眺めて素通りしようとしたが、駄々をこねていた倅が持っていた馬糞拾い用の鋤《すき》を投げ捨てた。

「あ、小吉《こきち》。なにしやがるッ！」

父親が大八の引棒から手を放して怒鳴った。

「もうやらねえ！」

倅はそのまま逃げるように歩き去る。父親は血相変えて追いかける。捕まりそうになった倅はいきなりしゃがむと、そばにあった馬糞を拾って父親に投げつけた。見事馬糞は父親の顔面に命中した。

「なにしやがんだ！」

父親はかんかんになって倅をつかもうとするが、倅は敏捷《びんしよう》に動いてまた馬糞を拾って父親に投げた。今度は胸のあたりにあたった。

「この野郎。よくも親に向かって糞を投げたな」

父親も負けじと馬糞を拾って投げ返す。油断した倅の頭に馬糞があたる。倅はそれでも新しい馬糞を拾って投げ返す。父親も投げ返す。

あっという間に親子は馬の糞だらけになった。ついに父親は倅に組みついたが、倅は倒れても近くの馬糞をつかんで父親の顔に擦りつける。

「うわっ、ぺっ、ぺっ……」

馬乗りになった父親は倅に自分の顔についた糞をこすりつけた。倅はうまく体をひねってかわそうとしたが、もう顔といわず体中糞だらけだ。父親もそれは同じで、倅の攻撃をかわすために立ちあがって離れた。その隙に倅は畑のなかに駆けて、畦道を一目散に逃げて行った。

呆然と倅を見送る父親を見て、和助が腹を抱えて笑っていた。新兵衛も笑いを堪えることができない。稲妻も腹をさすりながら、臭いから行こう行こうと先をうながす。

三人は足を急がせたが、その途中でも街道の掃除をしている者たちがいた。そして、大名家の家来らしい十四、五人の徒士侍《かちざむらい》たちとすれ違った。

「大名行列が来るんだな」

新兵衛がつぶやいたとき、府中宿が見えてきた。

第五章　府中宿

一

府中宿は賑わっていた。というより人が妙に多い。それも町人や職人や旅人ではなく、侍の姿が目立つのだ。

「やけに侍が多うございますね。ここは駿府城の城下でもありますから、そうなんでございましょう」

和助が言うように宿場の北のほうに城が見える。天守はないが、たしかにあれが駿府城だと、青い空を背景にした櫓《やぐら》と石垣が垣間見えた。この地は天領《てんりょう》であって、城の守りは代々駿府勤番《きんばん》が務めている。城代《じょうだい》も大名や旗本があてられている。

しかし、宿場にいる大勢の侍は勤番侍には見えなかった。手甲脚絆に具足《ぐそく》をつけている者もいれば、旗指物《はたさしもの》を旅籠の前に立てかけ休んでいる者もいる。

「妙だな……」

新兵衛は宿場の様子を眺めてつぶやく。

「参勤の大名家の者たちだ。大方そうであろう。あの馬糞拾いの親子もそんなことを話していたではないか」

稲妻に言われて、なるほどと新兵衛は納得した。それに旅籠の留女も見ないし、商家の呼び込みもない。ない代わりに、飯屋や茶屋にいる客は侍ばかりだ。町の様子を見ながら足を進めるが、旅人の姿も少ない。茶屋や問屋場のそばで休んでいる侍たちがじろじろと見てくる。あまり気持ちのいいものではない。

鉤《かぎ》の手に曲がるとさらに侍たちの姿が増えた。本陣や脇本陣と思われる屋敷のそばには、長持や駕籠や乗物が置かれている。馬の数も多い。

「ここでひと休みしようと思ったが、この宿場はよそう。先を急ごう」

新兵衛はそう言って稲妻と和助を促した。宿往還は長く二里二十二町もあった。

宿場通りを抜けると侍の姿が少なくなり、ようやく人心地つけた。そのあたりは弥勒《みろく》という町で、民家も少なくなっている。新兵衛は持参の地図を眺めて、この先に安倍川《あべかわ》という川があり、河岸人足を雇わなければならないと、稲妻と和助に伝えた。

「川渡りもよいが、少し休もうではないか」

稲妻が言うまでもなく、新兵衛もそうしようと思っていた。目についた茶屋の床几に座ると、店の女に茶を注文する。

「餅はいかがでしょうか。ここの名物は安倍川餅でございます。ひとついかがでしょう」

茶を運んできた女は商売熱心だ。

「名物ならもらおう。小腹も空いているしな」

稲妻が注文すれば、和助もあたしもと言う。新兵衛もおれにもくれと女に言った。

「ほう、これが名物か」

運ばれてきた安倍川餅を見て稲妻が言う。ただのきな粉餅だろうと付け足す。

「たしかにきな粉餅でござんすよ。だけど、名物だと思えばうまく感じるのはどうしてでございましょう。あ、蜜を浸してあるので、なかなかのものです」

和助はもぐもぐと口を動かし茶を飲む。

「やけに侍が多かったが、どこかのお大名でも来ているのかい？」

新兵衛は店の女に声をかけた。

「へえ、三河吉田《みかわよしだ》藩松平《まつだいら》伊豆守《いずのかみ》様のご一行です。今朝はお殿様が久能山《くのうざん》に参詣されるので、出立が少し遅れているようでございます」

「久能山……」

「権現様がお建てになった東照宮がございます。権現様もそこにお眠りです」

「へえ、そういうことか……。殿様はその久能山にいらっしゃるのか」

「よく足を運ばれます」

なるほどね、と言って新兵衛は安倍川餅を食べる。

そこへ、川会所《かわかいしょ》の者だと言う男がやってきた。背後に一文字笠を被った羽織姿の侍がいた。

「旅の方でございましょうか？」

「さいです」

「どちらへおいでになります？」

「どちらもへちまもない。京へ行くところだ」

新兵衛が答えると川会所の男は、背後の侍を振り返った。

「悪いが川はわたれぬ」

侍が一歩前に出てきて言った。は、と新兵衛が間の抜けた顔をすると、

「昨日の雨で水嵩《みずかさ》が増していることもあるが、川向こうの丸子《まりこ》には加納《かのう》藩永井《ながい》伊豆守様ご一行がいらっしゃる。その先の岡部宿《おかべしゅく》には相良《さがら》藩田沼備前守《たぬまびぜんのかみ》様ご一行が出立を見合わせておられる。藤枝宿も島田宿にも大名家のご一行がいらっしゃる。川をわたっても、おぬしらが泊まる旅籠はない」

侍はにべもなく言う。

「それじゃどうしろとおっしゃるんで？」

新兵衛は侍を見る。

「松平伊豆守様は間もなくこの宿を発たれる。そうすれば、旅籠に空き部屋ができるやもしれぬ」

「すると、この宿場に足止めを食うということですか」

「ま、さようなことになる」

侍はそう言うと顎をしゃくって川会所の男を連れて、つぎの茶屋に向かった。

「若旦那、あんなことを言われましたが、どういたします？」

和助が口にきな粉をつけた顔を向けてくる。

「わたれねえなら待つしかないだろう。しかたねえ、今日はこの宿場に泊まろう」

「それじゃ旅籠を探さなければなりません」

三人は茶屋をあとにすると、また宿場に戻った。宿往還に屯《たむろ》していた伊豆守一行はすでに出立したらしく、通りは閑散《かんさん》としていた。しかし、旅籠に宿泊を頼んでも、受け入れてくれない。つぎの大名家一行の宿泊が決まっている旅籠もあれば、他の旅籠は川留めでそのまま延泊している客がいるのだ。

野宿するわけにはいかないし、その支度もしていない。根気よくあちこちの旅籠を訪ねて、やっと草鞋を脱ぐことができたのは、人宿町《ひとやどちょう》の裏手にある古びた小さな旅籠だった。

「幾日ここに泊まればよいのだ」

通された客間にどっかと腰を据えた稲妻は不満そうだった。畳はささくれているし、障子も破れていた。窓も建て付けが悪くなっていて、開け閉めするたびにがたぴしと音を立てる。それに日当たりがよくないのでかび臭かった。

「若旦那、若旦那、三島の旅籠に泊まっていた爺さん連れの娘がここに泊まっています。やはり足止めを食ってるようです」

新兵衛は少し考えて思いだした。病気の父親のために伊勢参りに向かっている千津という娘だ。

二

新兵衛が千津に会ったのは、旅籠を出て宿場の様子を見て戻ってきたときだった。千津は帳場にいる主人となにか話をしていた。

「これはお千津さん。うちのへっぽこがあんたを見たと言っていたけど、ほんとうにこの旅籠に泊まっているんだ」

主人との話を終えた千津が振り返って目をまるくした。

「あ、三島でお会いした……」

「新兵衛だ。とっくに先に行っているもんだと思っていたが、足止めを食ったかい？」

「昨日の朝、この宿場を発とうとしたのですけれど、おじいさんが熱を出して寝込んでしまったんです」

「そりゃいけねえな。ひどい熱かい？」

「今朝はだいぶ落ち着きましたが、まだ横になっています。ほんとうは昨日の旅籠で様子を見たかったのですけれど……」

千津は肩を落としてため息をついた。

「どういうことだい？」

「一昨日は本陣のそばの松屋《まつや》という大きな旅籠に泊まっていました。昨日の朝、おじいさんが倒れたのでそのまま泊まりたかったのですが、旅籠の方が今日は三河吉田藩の殿様のご一行が到着されるので、泊められないと言われ、それで無理をして丸子まで行こうとしたのです。ところが、吉田藩伊豆守様ご一行が安倍川を大勢わたってみえるので待っているうちに雨になって……」

「それでこの旅籠に入ったのか」

「泊めてくれる旅籠はここだけだったので……」

「それじゃおれたちと同じだ。今日も川留めでな。おれたちもしかたなくこの宿に草鞋を脱いだところなんだ」

「なんだかついてません」

千津はふうとため息をつくと会釈をして歩き去った。新兵衛があとをついていくと、自分たちの客間から二つ先の部屋に千津は入っていった。

「いま、三島で会ったお千津という娘に会いましたよ」

新兵衛は部屋に入ると、千津とやり取りしたことを稲妻に話した。

「爺さんが熱を……そりゃ大変だ。無理がたたったのかも知れぬな。医者に診せたのだろうか」

「さあ」

新兵衛が首をかしげると、稲妻は思案顔をしてから、自分の振分《ふりわけ》荷物を引き寄せて、紙包みを取りだした。

「旅商人の辰吉からもらった薬だ。あの男、万病に効くと言っていただろう」

「たしかにそう言ってましたね。万根丹でしたっけ」

「そうだ。持っていって飲ませたらどうだ」

新兵衛は万根丹を受け取ると、早速千津の客間を訪ねた。

千津の祖父七兵衛は夜具に臥《ふ》せって目をつむっていた。額には水に浸して絞った手拭いがのせられている。その枕許に茂吉という小僧が座っていた。

「金を盗まれた旅商人がいただろう。辰吉という人だよ。あの人は万病に効く薬を商っていてね。それをもらっていたんだ。飲ませたらどうだろう」

「それは助かります」

千津は礼を言って、目をつむっている七兵衛に声をかけた。

「おじいさん、眠っているの？　そうでなかったら薬を飲んでほしいんだけど」

「ああ、聞いていたよ」

七兵衛は目を開けて、新兵衛を見ると礼を言うようにうなずいた。

「茂吉、手伝って。おじいさんを起こすから」

千津と茂吉が介助をして七兵衛の半身を起こした。

「自分で飲むからいい。水をくれ」

七兵衛は茂吉から湯呑みを受け取ると、短く薬を眺めて、

「ほんとうに効くのだろうね」

と訝った。新兵衛は旅商人の言った科白《せりふ》を思いだして伝えた。

「目のかすみをなくし、万病に効き、力がみなぎると……。では、それを信じて」

七兵衛はごくりと薬を飲みほすと、また横になった。

「熱はどうなんだい？」

新兵衛は茂吉を見た。

「少しあります。さぞやお辛いのではないかと思うのです」

茂吉はしんみりした顔で答えた。

「少し様子を見てよくならないなら、医者に診せたほうがいいんじゃないか」

千津がそうですねと言って、目をつむっている七兵衛を眺める。

「なにかあったら遠慮なく言ってくれ。おれたちは二つ隣の部屋にいるから」

新兵衛はそう言って自分の客間に戻った。

「飲んだかい？」

稲妻が聞いてくる。

「飲みましたがつらそうです」

「あの薬が効かないようなら、医者に診せたほうがよかろう」

「そうですね」

そんな話をしていると、出かけていた和助が戻ってきた。

「宿場が静かになっていたと思ったら、また騒がしくなりやした。今度は加納藩永井家の殿様一行がぞくぞくとやってきてます」

「その一行は通るだけだろう」

「いやいや、それがしばし道草です。なんでも華陽院《けようりん》という寺に参拝し、そのあとで久能山東照宮にも立ち寄られるようです。どこのお大名もそうされるそうで

「……」

「華陽院というのはなんだ？」

新兵衛が問い返すと、稲妻が代わって答えた。

「華陽院には家康公の祖母於万《おまん》の方《かた》の墓があるのだ。家康公はここ駿府で、八歳の頃より約十年ほど人質として住まわれておった。そのときの供が於万の方だ」

「へえ、よくご存じで……」

「伊達に大小を差しているのではない。これでも武士であるからな」

「久能山なんとやらはなんです」

「東照宮だ。家康公は晩年、ここで過ごされ、そして身罷《みまか》られた。ご遺体は久能山に葬られておる。そののち社殿が造られいまに至っていると聞いておる」

「稲妻さん、見かけによらず学がおありで、いつも感心いたします」

和助が言えば、

「見かけによらずは余計だ」

と、稲妻が叱ると、和助は亀のように首をすくめる。

三

駿府城下にあたる府中宿は、まだあかるい日の光に包まれていた。

しけた安宿に泊まっている新兵衛たちは暇を潰すのに苦労した。暇があるからちびちび酒を飲み、馬鹿話をするぐらいだ。それでも千津の祖父の容態が気になり、新兵衛は何度かのぞきに行ったがあまり熱は下がっていないということだった。

「あの薬は効かないのではないか。世間にはまやかしの薬がいろいろあるからな」

稲妻は酒を口に運ぶ。もうだいぶ飲んでいるが、酔ってはいなかった。和助は宿場をぶらついてくると言って、そこにはいなかった。

「あ、そうだ。思いだした」

「なにを思いだしたと言う？」

新兵衛に稲妻が顔を向けてくる。

「三島の宿で護摩の灰にやられた辰吉さんのために、金を集めたでしょう。あの金は稲妻さんが持っている」

「おお、あれか……」

稲妻はとぼけた顔で、牛蒡の酢漬けを口に入れた。

「お千津も金を出してます。ここで会ったんですから、あの金は返すべきです」

「ああ、そうだな。いかほど出したのかな」

新兵衛は聞いてくると言って席を立つと千津を訪ねた。千津は夕餉を終えたらしく、茂吉と茶を飲んでいた。七兵衛は飯も食わずに寝ているらしい。

「三島の旅籠でおれの連れの稲妻さんが金を集めただろう。あのとき、いくら出した？」

「一朱おわたししました」

新兵衛は旅商人の辰吉のことを話してから言った。

「その金は稲妻さんが預かっている。あとで持ってこよう」

「え、どういうことでしょう？」

千津は目鼻立ちの整った顔をかしげる。新兵衛は自分たちが護摩の灰を突き止め、そして金を取り返したことを話した。

「それはご苦労様でしたね。辰吉さんはさぞや安心されたでしょう」

「待っておれ」

新兵衛は席を立つと稲妻から一朱をもらって、千津に返してやった。

「ご丁寧にありがとうございます」

「礼なんかいらねえが、どうなんだい？」

新兵衛は寝ている七兵衛を眺める。まさかここで死んでしまうのではないかと、いやなことを想像する。

「明日の朝、元気になっていればいいのですが……。そうなることを祈るだけです」

「そうだな。それで、お千津さんの親父さんは臥せってるらしいが、どんな病気なんだい？」

「よくわからないのです。食が細くなり痩せて、歩くのもままならなくなっているんです。お医者にもわからないらしくて、それで祈禱師に頼んでお伊勢さまのお札で治ると言われたんです」

この時代の者は誰もが信心深い。医者や薬がだめなら神仏の加護を頼むのは通例だ。

「お札をもらって早く帰ってやらなきゃならねえな。そのためにも七兵衛さんには元気になってもらわなきゃ」

「新兵衛さん……」

千津がなんだかうっとりした顔で見てくる。

「なんだい？」

「やさしいんですね」

「あたりまえのことを言っているだけだよ」

なんだか照れくさくなった新兵衛は、盆《ぼん》の窪《くぼ》をかいて自分の客間に戻った。

「金は返したか？」

稲妻が聞いてくる。

「もちろんです。ですが、七兵衛さんはまだ具合が悪そうです。明日の朝、治っていればよいのですが……」

新兵衛はそう言って、千津から聞いたことを話した。

「するとお千津たちは旅を急ぎたいのだな。されど、七兵衛が倒れたので足止めか。間の悪いことに、安倍川は川留めにもなっておるしな。七兵衛は万根丹を飲んだのだな」

「飲んでいますが、すぐに効くってことはないでしょう」

「やはり、医者か……」

稲妻は遠くを見るような目でつぶやく。

「つんつるてん、つんつるてん……」

階段をあがってくる足音と、すっとぼけた声が聞こえたと思ったら、すぐに和助が部屋に入ってきた。

「大名行列を見物してきましたが、大名家によって行列の数が違いますね。あたしは何千人もいると思ったんですけどね、加納藩も相良藩もさほどの人数ではないんでやんす。相良藩田沼家なんて百人もいないでやんす」

「参勤交代の大名行列なんてそんなもんだ」

稲妻がしれっとした顔で言う。

「そうなんでやんすか」

和助は目をまるくする。

「国許を出るときは人足を雇い、家来の数を増やして大名の威厳を示す。国許を離れると、雇われ人足はそこで用なしになる。江戸に入るときには、その手前で在府中の勤番らが迎えに出て行列に加わり数を増やす。よって、途中の宿場を通るときは、その数は半分に減ることだってある」

「そうなんですか……」

「誰でも知っていることだ」

「あたしはそんなことちーとも知りませんでした」

和助は手酌をし、ぽいっと口のなかに酒を放り込んだ。

「ところでこの宿場に医者はおらぬかな。駿府城の城下でもあるから、腕のいい医者がいてもおかしくはないはずだ」

「どうしたんです？」

和助は新兵衛と稲妻を交互に見る。

「よし、医者を捜してこよう」

稲妻は膝をたたいて立ちあがると、そのまま部屋を出て行った。

四

「稲妻さん、どうしたんです？」

和助が稲妻を見送って新兵衛に顔を向けた。

「お千津の爺さんの熱が下がらねえんだ。医者にかかったほうがいいと稲妻さんは考えてんだろう。まあ、おれもそうしたほうがいいと思うが……」

「で、若旦那。明日はここを発つので……」

「川をわたれるならそうしたいが、どうなることやら」

「急ぐ旅じゃないんです。しばらく逗留《とうりゅう》ってことにしたらいかがざんす。毎日歩きづめでやんすよ。あたしは若旦那の体が心配でやんす」

「おめえが休みたいんだろう」

「まあちょっとは……」

　和助は膝前に指を立てのの字を書き、はっと目をまるくした。

「ここにある浅間神社《せんげんじんじゃ》は、それは見事らしいんです。見物に行きませんか？　久能山東照宮も見たいじゃありませんか。若旦那、いかがでございましょう」

「まあ、考えよう。しかし、この宿に泊まっている客はみなおとなしいな。騒ぐやつもいねえし、みんな静かにしている」

「しけた旅籠ですけど、それが唯一の救いでしょう。若旦那、腰なり肩なりお揉みしましょうか」

「いまはいい」

　新兵衛はそう応じると、帳場に行って酒肴《しゅこう》をもらってきてくれと和助に命じた。

　さっきまで日の光が窓障子にあたっていたが、日が西にまわったらしく表が薄暗くなっていた。新兵衛は窓を開けて表を見た。空に浮かぶ雲が夕日に染められていた。

「若旦那、塩辛でやんす。漬けたばかりでうまいと料理人が自慢していました」

和助が烏賊の塩辛といっしょに酒を持ってきた。

「うまそうじゃねえか」

新兵衛は早速箸をつけた。ほどよく漬かっていてなかなかうまい。しょっぱくもなく辛くもないほどよさだ。これは酒が進むと、盃を口に運ぶ。

「旅も楽じゃねえな。ここまでやってきてそう思うよ」

「へえへえ楽じゃございませんね。歩きどおしですからね。やっぱりちょいとひと休みがよござんすよ。安倍川は明後日か四明後日にいたしませんか。あたしはなんでも若旦那の意のままでござんすが、ちょいと旅疲れでやんす」

「そうだな、二、三日ゆっくりするか……。七兵衛さんのことも心配だからな」

「あれあれ若旦那の心配は、お千津さんじゃないでしょうね」

「馬鹿言うんじゃねえ。おれに似合う娘じゃねえさ」

「そうでござんした。若旦那には浅草小町のお菊さんがいたんでした。こりゃ相すみませんで……」

「おい、和助。おれはあんなお多福なんか真っ平ごめんだ」

「若旦那は望みが高《たこ》うございますね。なかなかの別嬪《べっぴん》だと思うんですけどね」

そんな馬鹿話をしていると、稲妻が戻ってきた。

「医者が見つかった。じきにやって来るが、松平伊豆守様の一行が宿場に入った。大層な数だ。二百は下らぬだろう」

松平伊豆守信順《のぶより》は三河吉田藩七万石の藩主だった。

「そりゃまたこの宿場は賑わいますね」

和助が応じた。

「まあ、それも今夜だけであろう。おお、塩辛か……」

小鉢の塩辛に目をつけた稲妻は早速食した。

それからすぐに旅籠の年増女中が、医者がみえたと稲妻を呼びに来た。

「すぐまいる」

稲妻は部屋を出て行くと、宿場で見つけた医者を連れて戻ってきた。相玄《そうげん》という五十齢の白髪の医者だった。

「ここではない。あっちだ」

稲妻は相玄に顎をしゃくり、千津たちのいる部屋に案内した。新兵衛も和助もあとについていく。

「具合はいかがだ。医者を連れてきたので、診てもらおう。そのほうが安心できるだろう。この宿場で右に出る医者はいないという相玄殿だ」

稲妻が千津と茂吉に紹介をして、診てくれと相玄を部屋のなかに促した。

「わざわざ頼んでくださったのですか？」

千津が稲妻を見た。

「そばに病人がいるのに知らぬふりはできぬだろう」

「恐れ入ります」

「恐れ入谷の鬼子母神」

和助がちゃらけたので、新兵衛は頭を引っぱたき、口の前に指を立てた。和助は頭をさすりながら謝る。

相玄という医者は七兵衛を起こし、具合を聞き、胸を触診し、脈を取り、額に手をあてた。

「食はいかがだ？」

「昨日は進まなかったのですが、今日は食欲があります」

七兵衛は気だるそうな顔で言う。

「昼は粥《かゆ》でしたが、それは平らげました」

千津が言葉を足す。

「体に痛むところはないかね?」

「それはありません」

七兵衛は襟をかき合わせて答えた。

「おそらく疲れであろう。熱もさほどないようだし、食欲があれば心配はいらぬ」

相玄という医者は熱冷ましと精のつく薬を千津にわたした。

「薬礼《やくれい》はいかほどだ。わしが払う」

稲妻は相玄に聞く。千津が慌てたが、

「わしの勝手なお節介だ。ここはまかせておけ」

と、稲妻はやんわりと窘めて金を払った。

「七兵衛、案ずることはない。あの医者が心配はいらぬと言ったのだ」

稲妻は相玄が去ったあとで言った。

「薬礼までお世話になって申しわけございません」

恐縮する千津は丁寧に頭を下げた。

「話は聞いておる。そなたの父御のためもある。七兵衛がここで倒れたら困るであろう」

「ありがとう存じます」

「ゆっくり休ませることだ」

稲妻はそう言って自分たちの部屋に戻った。

「粋な計らいをやってくれますね」

新兵衛は稲妻に感心顔を向けた。

「困ったときは相身互《あいみたが》いだ」

新兵衛はそう言う稲妻を眺める。つっけんどんで取りつきにくい男だが、稲妻はときどきこういった気遣いを見せる。ほんとうは心根のやさしい男なのだろう。

新兵衛がそう思ったとき、表から騒がしい声が聞こえてきた。建て付けの悪い窓を開けると、宿の主人と女中が右往左往している。

「おい、なにかあったのか？」

新兵衛が声をかけると、主人が顔を向けてきた。

「敵討ちがあるようなのです。表通りは大変な騒ぎです」

「敵討ち……」

新兵衛はひょっとすると、戸塚惣右衛門ではないかと思った。

「見に行こう」

稲妻が腰をあげて先に部屋を出ていった。新兵衛はそのあとを追った。

しかし、表通りに出たときには、騒ぎは収まっていた。

五

旅籠に戻ると、玄関の前に立っていた千津が声をかけてきた。

「なにか騒ぎがあったんでしょうか？」

「松平家の侍が敵討ちに来ていたんだ。でも、来た侍も敵の侍も取り押さえられた。いま頃調べを受けているはずだ」

新兵衛は答えた。

「どうなるんでしょう？」

千津は心細げな顔を向けてくる。

「さあ、それは大名家の始末だ。おれたちには関わりねえから……」

新兵衛はそう言うしかない。

「仇討ちなんて怖いことです」

「お千津、爺さんの様子はどうだ？」

稲妻が聞いた。

「お医者に診てもらい安心したのか、少し元気になりました。それに熱も下がったようです」

「それはなにより」

「稲妻様のおかげです」

千津は膝に手をついて頭を下げた。

「すると、明日は出立できるかな」

「そうできればよいと思っています」

「そなたの父御のこともあるからな。早く伊勢に行きたいであろう」

「ええ、ほんとうにそうです」

千津は軽く会釈すると、先に玄関に戻った。

その夜は新兵衛たちは夕餉の席で酒を飲むと、そのまま泥のように眠った。

そして、翌朝、千津があかるい顔で挨拶に来た。

「おじいさんの熱が下がり、もう元気になりました。今日は浅間神社にお参りしてから伊勢に向かうことにしました」

「それはよかった。浅間神社にはなにかご利益があるのかい？」

新兵衛はすでに旅支度をしている千津に問うた。

「この旅籠の女中さんが、願い事はなんでも叶う。それこそ満願成就だとおっしゃいます。おじいさんもそれなら参ってから行こうと言います」

「若旦那、満願成就ならあたしらも行ったほうがようございましょう」

和助がそう言うので新兵衛は同意した。稲妻も行こうと言う。

ほどなくして新兵衛たちは、千津と七兵衛と茂吉といっしょに旅籠を出た。

「もうすっかりようございます。いろいろご面倒おかけいたしました」

昨日まで床に臥せっていた七兵衛は、新兵衛たちに礼を言った。顔色はよく、痩せてはいるが杖をつきながら矍鑠《かくしゃく》とした足取りで歩く。

医者の薬が効いたのか、それとも万根丹が効いたのかわからないが、これなら心配ないだろうと、新兵衛は思った。

浅間神社は宿場の北、駿府城の南東にあった。

新兵衛たち一行は楼門《ろうもん》を入り、舞殿を横に見て正面の拝殿に向かった。

「この神社はこちらの人に〝おせんげんさま〟と呼ばれているそうです。それだけ親しまれておるのでしょう」

歩きながら七兵衛が言う。旅籠の女中が教えてくれたそうだ。

「はて、これは……」

七兵衛が立ち止まったのは、拝殿まで急な石段があったからだ。それも結構な段数だ。

石段の前で躊躇《ためら》っている七兵衛を見た稲妻は、

「せっかくだから参ろう。わしが負ぶってやる」

と、言うなりうむを言わせず七兵衛を負ぶった。

そのあとに従う新兵衛は、稲妻のこういうところがいいのだとまた感心する。

拝殿は見事な造りだった。それに大きい。屋根は二重で、一層目は裾破風《すそはふ》造りで、その上に入母屋《いりもや》造りの二層目が望楼《ぼうろう》のようにのっている。高さは十四間（約二十五メートル）はありそうだ。拝殿の向こうには真っ青な空が広がっていた。

「大きいな」

新兵衛は思わず感嘆の声を漏らした。欄間《らんま》は極彩色で、竜や天女図《てんにょず》が描かれている。

六人は揃って賽銭を放り作法どおりの参拝をした。

「お千津、こちらの神社のご利益は、いろいろあるそうだよ。安産と子授け、夫婦円満、延命長寿と縁結び、そして厄除けと福を招く徳があると聞いた。しっかりお願いしなさい」

七兵衛は旅籠で聞いたことを口にする。千津は素直に返事をしてお参りする。

参拝を終えると稲妻は、足許が悪いのでと、また七兵衛を負ぶって降りた。

「申しわけございません。いろいろとお世話になって助かりました」

稲妻の背中で七兵衛が礼を言う。

「なに気にすることはない。七兵衛はわしの親父と同じぐらいだ。なんだか、親父を負ぶっているようで妙な心持ちになる」

「ありがたいことです」

七兵衛は稲妻の親切が身にしみたのか、目をうるませていた。

「稲妻様、無理はなさらないでください」

千津が声をかける。

「気にすることはない」

稲妻は石段の下に降りると、七兵衛を下ろして杖を持たせた。そんな稲妻に七兵衛は何度も礼を言った。

「それでは手前どもは、ここで失礼いたします」

鳥居を出たところで七兵衛が立ち止まって、新兵衛たちを振り返った。

「ああ、気をつけてまいれ」

稲妻が声をかけると、七兵衛があらたまって礼を述べた。

「お千津、父御のために札をもらうのを忘れるな」

「決して忘れません。では、お達者で……」

千津は深々と頭を下げると、七兵衛に促され、茂吉といっしょに歩き去った。

「それで、若旦那、いかがいたします？」

和助が顔を向けてきた。

「まずは旅籠を移ろう。もう松平家の一行も出立しているはずだ」

六

昨夜は松平家の大名行列で騒々しかった宿場も、普段の落ち着きを取り戻していた。

新兵衛たちは裏町の旅籠を払うと、新通りにある「祝屋《いわいや》」という旅籠に入った。昨日までの旅籠と違い、客間も広ければ、畳も障子も新しいし、世話をする女中も二十代半ばのさばけた中年増だった。

「ここは居心地がようござんすね。昨日の旅籠とは大違いでやんす」

和助も祝屋を気に入った様子だ。

「それでちょいと久能山東照宮まで行って見たいと思いますが、稲妻さんどうされます？」

どうせ和助がついてくるのはわかっているので、新兵衛は稲妻に聞いた。

「わしはこの先の道中を考えて体を休めておく」

「それじゃ荷物は置いていきますんで……」

「ああ、わかった」

新兵衛は早速、和助を連れて旅籠を出た。

「久能山までいかほどあるんでござんしょ？」

「さほど遠くはねえだろう。権現様の眠っている墓にお参りするのは悪くねえ」

「たしかにたしかによいことでござんす。今日はご利益をたくさんいただけますね。この先の道中にはきっといいことがありますよ」

昼前の宿場は静かだ。通りを行き交う旅人や行商人の数も少ない。昼間なので旅籠の留女もいない。

新兵衛は伝馬町まで来ると、継ぎ立てをする人足と駕籠、それに繋いである馬を見てそこへ行き、地べたに座って煙草を喫んでいた馬子に声をかけた。

「訊ねるが、久能山までいかほどある？」

「東照宮ですかい……」

馬子は上目遣いに聞いてくる。そうだと答えると、二里とちょいとばかりあると言う。

「二里もあるのか。そりゃちいと遠いな」

「遠ございます。やめますか」

和助が隣で言う。

「旅人さんのようだけど、荷物はないな」

「荷はない。軽尻でいかほどだい？」

「そうだね。三百文でどうです？　二人乗せるわけにはいきませんが……」

馬子は吹っかけてきた。二里で三百文は高すぎる。普通なら百五十文ぐらいだ。

「高いな。もう少し安くできねえか」

「思い切って二百九十文」

「高いぜ」

「二百八十文……二百七十文……それなら二百六十文でどうだい」

「ずいぶん細切れに言いやがる。丁度にしなよ」

「丁度というのはどういうことで？」

「二百文だ」

「百文も負けるんですかい。まあ、しゃあねえか。なら二人で四百文だ。だけど、久能山にほんとうに行くんだね」

「行きたいから行くんだ。東照宮にお参りさ」

「あきれたね。そりゃ物好きってもんだ」

「どういうことだい？」

「いや、なんでもねえです。帰りも乗ってくれんだね」

「そうしなきゃ困るんだ」

馬子は仲間のひとりに声をかけ、馬を二頭引いてきた。

新兵衛は鞍代わりの布団をつけた馬の背に乗った。和助の馬があとからついてくる。

「やっぱ馬は楽だ。馬も荷がないから楽だ。馬子どん、おまえさんらも楽でよござんすね」

和助がはしゃいだ声で言う。

「馬は楽かもしれねえけど、馬子のあっしらは歩くから同じですよ」

「そうか、そうか、そうざんすねの久能山すねぇ」

和助のおしゃべりは相も変わらない。

宿場を離れると田と畑ばかりの百姓地になった。水の張られた田が、日の光を眩しく照り返している。蛙の鳴き声も聞こえてくるし、燕が餌を探しているのか田の上を飛び交っていた。

「昨夜の騒ぎを知っているかい？」

新兵衛は馬子に訊ねた。

「いやいやどうなることかと思ったら、追ってきた侍も敵の侍もお縄になって、浜松に連れ戻されちまったよ。松平の殿様も迷惑なことだったろうよ。あの二人はどうなるかわからねえが、ただではすまねえでしょう」

馬子はそう言って、大名行列の一行が宿場に泊まると、商売あがったりだと嘆き、北のほうに見えるのが久能山だと指さした。あまり高い山ではないが、あそこに江戸幕府を開いた徳川家康が眠っていると思うと、なんだか身の引き締まる思いだ。

ぽくぽくと馬はゆっくり歩くが、馬子の足は速いので一刻もかからず久能山の麓《ふもと》に着いた。それからくねくねと曲がる九十九折《つづらお》りの坂道を上っていく。あんまり曲がるので、和助が目がまわりそうだとぼやいている。新兵衛がいくつ曲がるのだと馬子に聞けば、十七曲がりだと言う。新兵衛にはもっと多そうに思えた。

「さあて旅人さん、着きましたよ」

馬子が馬を止めたのは門の前だった。そこには槍を持った門番が二人立っていた。門扉《もんぴ》も閉まっている。なんだか厳めしい目で門番が見てくる。

「旅人さん、あれは一ノ門と言うんだけど、あそこから先にゃ行けねえんですよ」

「なんだって……。東照宮にはお参りできねえのか」

新兵衛は馬子を見下ろした。

「お武家様ならいざ知らず、あっしら下々の者はあの門から先にゃ行けねえんです」

「あんだと。だったら先にそれを言えばよかったじゃねえか」

「だって行きてえと言うから頼まれたんじゃねえですか」

これは一杯食わされたと新兵衛は悟った。だからこの馬子は出発前に物好きだと言ったのだ。しかし、もうあとの祭りである。

それでも、そこからの眺めはよかった。青い海が広がり、伊豆や御前崎《おまえざき》が一望できた。そんな景色を眺めると、馬子に対する怒りも薄れた。

東照宮参拝をあきらめ宿場に戻ったときは昼下がりだった。

「あの馬子、うまいことやりやがった。参拝できないと知っておきながら、おれたちを連れて行ったんだ」

旅籠祝屋に引き返していると、またさっきの腹立ちが愚痴となってこぼれた。

「若旦那、うまいことやられちまいましたがいい気晴らしになりましたから忘れましょうよ」

旅籠の客間に戻ると、稲妻は昼寝をしていた。

「なんだ、早かったではないか?」

「馬子に一杯食わされちまったんです」

新兵衛はそのことを話した。

「そりゃご苦労だったな。それよりいい話がある」

横になっていた稲妻は胡坐をかいて新兵衛を真顔で見た。

「どんな話です？」

「この宿場には吉原に負けぬ廓があるそうだ。なんでも二丁町と言い、ここからさほど遠くないところだ」

「へえ、そりゃまたおもしろそうな」

新兵衛は目を輝かした。ここしばらく廓遊びから離れている。それにその遊び癖がうずきはじめていた頃である。

「それから、さっき伊勢帰りの客が来たが、江戸の者のようでな。投扇《とうせん》で遊んでいやがる。それも金を賭けてだ。わしはよくやらぬが、若旦那はどうだ？」

「投扇興ならおれも和助もよく遊んでいます」

「上手ならひと稼ぎできるやもしれぬ」

新兵衛は短く考えてから、

「まずはその二丁町とやらを見物してみましょう」

と、答えた。

第六章　投扇興

一

日が西にまわり込み、夕日に染まっていた雲が翳《かげ》ってきた頃、新兵衛たちは旅籠「祝屋」を出て二丁町に繰りだした。祝屋から新通りを弥勒町に進み、五町ほど行ったところで左に折れると、なるほどらしき場所がある。

江戸吉原と似ていると新兵衛は思う。大門があり、目つきの悪い二人の番人がいる。大門を入ると幅三間の通りが裏門まで延び、左側に小店が右に大店が軒を列ねている。

大門から裏門までの右側には都合五本の小路があった。軒行灯が道を照らし、遊女屋の二階から清掻《すがが》きが聞こえてくる。張見世《はりみせ》もあり、格子のなかで遊女たちが煙管を吸ったり茶を飲んだりして、品定めに来ている客に蠱惑《こわく》な目を向け、にやりと笑んだりする。

紅殻色《べんがらいろ》の裲襠《うちかけ》に太織《ふとお》り縞の帯を締めた女、藍地の花鳥《かちょう》柄の裲襠を着て片膝を立てて客に目を向ける女。いずれも艶《あで》やかで華やかな着物をまとっている。

煙草盆を運び、茶を淹れて遊女の世話をする新造の姿もある。

（江戸と変わりねえじゃねえか……）

新兵衛は少し冷めた気持ちになった。駿府には江戸と違う女がいると思ったのだが、どうやら当てが外れてしまった。ぶらぶらと歩きながら、どうしようかと考える。女を買うのはやぶさかではないが、父新右衛門の期待には少なからず応えなければならないし、弟新次郎のことも考える。

（おれはなんのために旅をしているのだ）

自問する新兵衛はおれはいずれ小泉屋の跡を継がなければならない。それなのに、修行の旅だとお為ごかしを言って、母のおようからは路銀を半ば脅し取ってもいる。放蕩三昧をやってはいるが、ある程度の自制はしてきた。

「ご用はこちらで、いい女いますよ。活きのいい若いのがいますよ。そこの旦那、こちらで遊んでいきましょう」

小見世の客引きがまとわりついてくれば、

「若旦那、いかがするのだ」

と、稲妻が声をかけてくる。顔を見るとその気になっている。和助は女郎遊びはしないが、いっしょに妓楼《ぎろう》にあがれば、それなりの金がかかる。

「どうするかな……」

新兵衛はぽつりとつぶやいて歩きつづける。大きな妓楼は七、八軒あった。その他にも小見世やちょんの間と言われる切見世《きりみせ》もあるようだ。そんなところに興味はわかない。

軒を列ねる店からこぼれるあかりが通りに縞目を作っている。侍の姿もあれば旅人らしき男もいるし、ひやかしと思われる四、五人連れの男もいる。見るからに柄《がら》の悪い侠客《きょうかく》まがいの男たちもいる。

通りには小間物屋、髪結床、質屋、青物屋、薪炭屋、線香蠟燭屋、櫛笄《くしこうがい》屋、酒屋などと種々の店もある。この町で暮らす職人や商人の姿も少なくない。

「若旦那、どうするのだ」

また、稲妻が声をかけてきた。

「ま、そこで考えましょう」

新兵衛はそう言って近くの茶屋に入った。酒の他に食い物も出す店である。

「お決まりですか？」

中年増の店の女がやってきた。

「酒となにか肴を適当に見繕ってくれ。肴はまかせる」

女は承知したと言って奥に下がった。

「若旦那、駿府にこんな町があるなんて考えてもいませんでした。見ればあたしと同じ太鼓持ちもいます」

「そうだな。なんだか江戸に戻ったような気分だ」

「吉原とは少し違いますがよく似ていますね」

さっきの女が酒と肴を運んできた。

「おつとめ（揚代《あげだい》）はいかほどだい？　その座敷持ちの花魁だが……」

「それなら十五匁《もんめ》でございます。呼びだしますかご案内しますか」

十五匁、つまり一分である。妥当な料金だろうが、それだけですまないことは重々承知している。新兵衛はちょいと考えると言って、女を追いやった。

「まあ夜は長い。ゆるりと考えるがよかろう」

その気になっている稲妻は手酌で酒を飲む。新兵衛も手酌で酒を飲んだ。

「若旦那、三味の音を聞くと妙に吉原を思いだしやす。いっちょ座敷にあがって派手にやりますか。〽道のちまたの二もと柳　風に吹かれてーどちらへなびこー……へへへ、三味に合わせてちんちろちんろ……」

　和助が鼻唄を歌う。

　空にはあかるい星が浮かび、月も見える。夜風は気持ちよいが、新兵衛は妓楼にあがる気が薄れていた。

「大まかにこの町のことはわかった。稲妻さん、宿に帰りましょう」

「帰る」

　稲妻は声を裏返して新兵衛を見た。

「せっかく来たのだ。このまま帰る手はないだろう」

「いやいやおれの旅の目あては廓遊びじゃありません。女がほしかったら宿に帰って飯盛りを呼べばいいんです。所詮、花魁も飯盛りも同じ女です」

　新兵衛がそう言って立ちあがると、

「なんだ、なんだ、わしをその気にさせておいて……ならば、こんなところに来なければよかったのだ」

と、稲妻は不平もあらわに酒をあおった。

「だったら稲妻さん、遊んできてください。おれと和助は宿に帰ります。女郎代は懐にあるでしょう」

稲妻はまだ三島宿で集めた金の残りを持っている。

「なんだ、おぬしらが帰るなら、わしも帰るさ。見物すると言ったが、まことに見物でしまいではないか。わしは楽しみにしておったのに。さっきの張見世に目をつけた女郎がおったのだがな。そりゃ残念だわい」

稲妻はぶつぶつと小言を垂れる。

「よし、こうとなれば、金を稼ぐか」

二丁町を出たところで、稲妻が気を取り直したように言った。

二

旅籠祝屋に戻った新兵衛たちは、女中に酒肴を運ばせ、明日からのことを相談した。

「京までここから、ゆっくり進んでも九日で着くはずです。明日は島田宿《しまだしゆく》まで行き、その翌《あく》る日は見付宿《みつけしゆく》、順を追って二川《ふたがわ》、岡崎《おかざき》、宮《みや》、四日市《よっかいち》、土山《つちやま》、草津《くさつ》の各宿場に泊まり、その翌日京に入ります」

新兵衛は手許の控え帳を見ながら稲妻と和助に伝える。

「京に着いたら、そこでゆっくりするのだな」

「まあ、十日ぐらいは京見物をしたいものです。なんなら京から舟で大坂まで行くってこともあるかもしれませんが……」

「京から舟で大坂へ？」

稲妻が意外な顔をする。

「京から淀川《よどがわ》という川が大坂に下っているそうで、その川を舟で下ることができると聞いています」

「京から大坂か……。それはまた楽しげであるな」

「あたしは大坂は食い物がうまいと聞いています。なんでも江戸と違う食い物屋がたくさんあるそうで……」

和助が言葉を添える。

「どんな食い物があるんだ？」

稲妻が疑問を呈するが、和助はさあと首をかしげる。

「とにかく遅くても十日もあれば京です」

新兵衛は帳面をしまい、財布を取りだした。

「いったい京とはどんなところであろうな。天朝《てんちょう》様のお住まいになっている地である。さぞや奥ゆかしく、江戸とはまったく違う地のような気がする」

「路銀は足りるかな」

金勘定をする新兵衛は残り金を数える。江戸を発つとき三十両ほど持ってきたが、すでに十両は消えている。けちる旅はしていないが、此度は帳面付けを怠っているので、なんに使ったか不明である。

新兵衛が金勘定をしている間、和助と稲妻はさっき行ってきたばかりの二丁町の話をしていた。稲妻はあきらめきれない様子だが、和助がどこかで聞いてきた京の花街の話をしていた。

「おぬしはその手の話に詳しいな」

稲妻が感心する。

「あたしゃ、いろんな旦那から話を聞きますんで、耳年増になっているんでござんす。年増ほど歳は取っちゃいませんが……それにしても、賑やかでござんすね」

和助が言うように近くの客間から、喜んだり残念がったりする声が聞こえていた。

「金を賭けて投扇をやっておるんだ。この宿に入って早々にはじめおった」

そんな話をよそに、新兵衛は印判《いんばん》（印鑑）探しに夢中になっていた。これは大事なものである。いざというときに実家に手紙を出すときにも必要だし、両替をする際にも用いる。

路銀が足りなくなったら母親のおように手紙を出し、為替《かわせ》を送ってもらおうと考えていたのだが、肝腎の印判がなければ用をなさない。

「おい、和助。印判を見なかったか？」

「印判……はて、そんなもの見ていませんが……いかがされました？」

新兵衛は振分荷物を開けて、矢立てや扇子、櫛に鬢付《びんつ》け油、懐中鏡に蠟燭や燧石《ひうちいし》、提灯などを取りだすが、印判は見あたらない。胴巻を外しもするがない。

「稲妻さん、印判を拾ったりしてませんか？」

新兵衛は脱いでいる脚絆や手甲をひっくり返し、部屋の隅々に目をやる。

「拾いもせぬし、印判など見ておらぬが……ないのか？」

「ないのです。路銀が足りなくなったら、為替で送ってもらうつもりなんですが、それには印判がないとどうにもなりません」

「そりゃ困るな。両替もできぬのではないか……」

「そうです。両替は口銭《こうせん》を多く払えばできるでしょうが、いやいやこれは困った」

新兵衛の焦りを見た稲妻と和助は、自分たちの振分荷物を調べはじめたが、印判はどこにもない。客間のなかを見まわしても同じである。

和助は廊下に出て階段を降り、玄関まで探してきたが、

「どこにもないざんす。女中や小間使いの使用人にも聞いてまいりやしたが、印判は拾っていないし見てもいないと言いやす」

どうしましょうと言葉を足して、新兵衛を見る。新兵衛は記憶の糸を手繰《たぐ》った。江戸を出て印判を使ったのは、小田原で両替をしたときだ。あのときはちゃんと巾着に戻したはずだが、それとも振分荷物のなかに無造作に入れたか……。記憶は曖昧《あいまい》である。ひょっとすると、落としたのかもしれない。

「まさかその印判がないと、旅はできぬと言うのではあるまいな」

稲妻が問うた。

「路銀の都合がつかなくなります。手持ちの金では間に合わないのです」

新兵衛は頭を抱えた。

「どうする?」

「どうしようもないです」

そのとき笑い声が聞こえてきて、またおれの勝ちだというだみ声が重なった。

新兵衛はその声のほうを見、すぐに稲妻に視線を戻した。

「投扇興で賭をしてるんですね」

「そうだ。宿に入ってくるなりはじめている」

新兵衛は稲妻をじっと見つめた。やる気か、と稲妻が真顔で聞く。

「若旦那、投扇は得意じゃありませんか。茶屋でよくやりましたね。姐さんたちも若旦那の腕を褒めていやしたでしょう。ちょいと腕試しをしますか」

和助がけしかけるようなことを言う。

新兵衛はおもむろに立ちあがると、そのまま廊下に出て投扇興をやっている客間を訪ねた。そこには三人の男がいて、揃って新兵衛を見てきた。

「文句がおありかな。騒がしくしているからな。迷惑をかけるんじゃねえかと思い、そろそろ終わりにするところだ。堪忍してくれねえか」

そう言うのは太鼓腹の男で、着物を片肌脱ぎにしていた。

「いえ、文句はありませんが、おれも入れてくれませんか」

太鼓腹の男は仲間の二人と顔を見合わせ、

「手金はあるんだろうね」

と、新兵衛に顔を戻した。

三

「へえ、御蔵前の札差の若旦那ですか。そりゃまた景気がようございましょう」

新兵衛が自己紹介すると、太鼓腹の男は感心したように目をすがめた。作次《さくじ》という名で、荒物屋《あらものや》の主だった。店は神田鍋町《かんだなべちょう》にあると言った。

二人目は春吉《はるきち》と言って、線の細い痩せた男で錠前師《じょうまえし》だった。三人目は種造《たねぞう》という丸顔の男で刀鍛冶師《かたなかじし》だという。妙な取り合わせだが、みんな近所に住んでいると、作次が話した。

「伊勢参りの帰りと聞きましたが、明日は出立でしょうか？」

新兵衛は作次に訊ねた。

「あんまり遊んでばかりいられませんからね。それで新兵衛さんも伊勢参りでございますか？」

「おれたちは京へ行くところです」

「ほう、それはまた楽しみでございますね。まあ、お気をつけて行ってらっしゃいまし」

自己紹介がてらそんな話をしていると、和助と稲妻が廊下にあらわれたので、新兵衛は作次たちに紹介した。

「お武家様は新兵衛さんのお連れでしたか。いや、ずいぶん大きなお侍がいらっしゃると話していたんです」

作次は稲妻をあらためて見て口の端をゆるめた。

「投扇興は楽しそうであるな。声が聞こえておったのでな」

「ご迷惑だったんでしたら、謝ります」

「気にすることはない。子守唄代わりに昼寝をしておったのだ。それで、はじめるのかい？」

稲妻は目の前の三人を眺め、新兵衛を見た。

「ちょいと遊ばせてもらっていいですか」

「新兵衛さん、そのために来たんじゃありませんか。ですが、仲間内の賭と違って、ちょいと賭け金は高くなりますがようござんすか？」

作次は目の奥に針のような光を宿し、仲間の春吉と種造を見てにやりと笑った。

「かまいませんよ」

新兵衛が答えると、作次は決まり事を短く説明した。

投扇興は「枕」と呼ぶ桐箱の上に「蝶」という的を据え、その蝶に向かって扇子を投げ、崩れた形で点数を競う遊びである。崩れた形は、源氏物語や百人一首になぞらえられるが、その辺は自由である。

作次は細かい点数は省き、扇子が枕から離れ、蝶にかかっていなければ外れで点数なし。扇子が蝶と枕にかかっていれば満点。扇子が蝶か枕の一方にかかっていれば五十点と説明した。

しかし、ここは旅先なので、蝶の代わりにビロードでできた小振りの二つ折りの紙入れだった。枕は桐箱がないので、四角い振分荷物を代用していた。

作次たち三人は膝許に置いていた小銭の山を、各々の巾着にしまって、投扇興の支度をした。もっとも振分荷物の上に紙入れを立てるだけのことだが。

「それで新兵衛さん、満点ならいかほど賭けます？　百文なんて細かいことは言いっこなしですよ」

作次は余裕の体で新兵衛を見る。

「それは、おまかせします」

新兵衛はこっちから頼んだ手前、勝手な言い分は控えるべきだと考えた。

「それじゃ満点は一分、五十点は一朱、外れはなしでどうでしょう？」

「承知しました。相手はどなたでしょうか？」

「春吉にやってもらいます。そちらは新兵衛さんでよござんすか……」

作次は稲妻と和助を眺めた。

「おれがやります」

「それじゃ新兵衛さんからお先にどうぞ」

勧められた新兵衛は、膝をすって台の前に移動した。的は蝶ではなく、二つ折りの紙入れだ。本来なら銀杏《いちよう》の葉型の両端に鈴がつけられているのが蝶だが、紙入れではどうにもしっくりこない。それでも的は的である。

「おっとお待ちを。新兵衛さん、賭け金を置いてくださいまし、一度ごとの勝負で金は行き来することになりますんで……」

作次に言われた新兵衛は、懐から財布を出して、まずは一分金十枚を膝許に置いた。

相手の春吉も一朱と一分を十枚ずつ膝許に用意する。

行灯がひとつしか置かれていないので、部屋のなかは薄暗い。新兵衛が扇子を持つと、部屋のなかに緊張が走った。和助と稲妻は息を呑んだ顔で見ている。

新兵衛はひとつ息を吐いて、扇子の根元である要を親指と人差し指で持ち、すいっと投げた。扇子は勢いよく飛んでいったが、的の紙入れにはかすりもしなかった。

「あら、あら、まあ久し振りでやんすからね」

和助が慰めをつぶやく。

春吉が代わって扇子を構えて投げた。少し弧を描いて飛び、的を落としてぱたりと倒れた。扇子の天のあたりが振分荷物についていた。五十点なので一朱である。

新兵衛は一朱を春吉の膝許に押しやる。いただきやすと、春吉は切れ長の目を細める。

代わって新兵衛が投げた。またかすりもしなかった。春吉は的を落とし、落ちた扇子は振分荷物と的の紙入れに触れていた。満点である。

新兵衛は一分を取られた。これで一分一朱の負けだ。今度こそはと、狙いを定めて扇子を投げた。

的の紙入れを落とした。「お、落ちた」と和助が低声で喜ぶ。そして扇子は振分荷物に触れていた。が、的には触れていなかった。それでも一朱を取り返した。

つづいて春吉はかすりもしなかった。点数もなしだ。新兵衛はまた的を落とし、扇子はその的に被さった。一朱だ。

だんだん要領を思いだした新兵衛は、投扇に集中した。一分を取り、一分を取り返され、また一朱を払う。しかし、小半刻ほどで、新兵衛は二両負けていた。

「少し休みますか」

作次が言って、酒でも頼みましょうかと新兵衛を見る。

「和助、下へ行って酒肴を頼んでこい」

新兵衛が指図すると、作次が肴は女中にまかせるが、酒は少し多めがいいだろうと言う。

へえへえと返事をして和助は帳場へ行ってすぐに戻ってきた。

四

酒肴が運ばれてくるまで新兵衛は煙草を喫み、負けた二両をどうやって取り返そうかと思案する。扇子の投げ方が悪いのか、それとも扇子がよくないのかと考え、和助の帯にある扇子を眺めた。自分のより和助の扇子は軽い。そっちがよいのかもしれないと思い、和助の扇子と取り替えた。

そのことについて作次はなにも言わなかったが、酒肴が運ばれてくると酒を飲みながら、伊勢参りは初めてだったが、やはり行ってよかったと話す。

「新兵衛さんらも一度はお伊勢参りに行かれたらいかがです」

「ご利益がありますか？」

「あるかどうかわかりませんが、心が清められ、なんとはなしに運がついた気がします」

作次は煙草を喫み、酒を口に運ぶ。他の者たちも肴の漬物を口にしながら酒を飲む。

「若旦那、負けが込んでいるんだ。つぎは勝負だな」

稲妻に言われるまでもなく、新兵衛は挽回しなければならないと肝に銘じている。

「さて、もう少しやりますか。それとも、この辺でやめておきますか？」

春吉が余裕の体で言う。

「冗談じゃない。勝ち逃げする気ですか」

新兵衛は春吉をにらむように見る。

「そんな気はさらさらござんせんよ。あっしはいくらでもやりますよ」

春吉は目を細めて頬をゆるめる。くそ、この野郎、嘗めてやがるなと、新兵衛は腹のなかで毒づき、

「では、そろそろつづきをやりましょう」

と、誘いかけた。

新兵衛の番だった。和助の扇子がよかったのか、一分を取り返した。さらにまた一分を取り返したが、そのあとがつづかなかった。気づいたときにはまた二両取られていた。

やはり、自分の扇子がよいと思い、取り替えて投げるが、うまくいかない。春吉は失敗が少なく、新兵衛から一分、また一分、あるいは一朱と取っていく。

負けが込んでいる新兵衛は焦った。このままでは大負けだ。路銀の足しにしようとはじめた投扇興で大損しては、この先の旅がつづけられない。

それに賭け金がなくなってきた。旅をしている間は、重くなる緡銭《びんせん》は持ち歩かない。なるべく身を軽くするために、金は一両小判を所持し、必要に応じて両替屋で小銭に替えるのが旅の習いである。

新兵衛は胴巻きから小判を出して、これまで負けた分と交換してくれと頼んだ。春吉はお安いご用でと言って、七両を交換してくれた。

（もう七両取られていたのか……）

新兵衛は頭に血を上らせた。それを悟った和助が、

「若旦那、落ち着いてくださいまし。つぎは勝てます。きっと勝てます」

と、励ましてくれる。新兵衛は一気に酒をあおると、さあやりましょうと春吉を見た。

「相手はまだあっしでよござんすか。なんなら作次さんか種造さんと代わってもいいですが……」

「いやいや春吉さんと勝負してえんです。勝ち逃げはいけませんぜ」

春吉はひょいと首をすくめ、ならばつづけましょうと応じた。

「賭け金を倍にしましょう」

新兵衛は負けの分を一気に取り返したかった。春吉はかまいませんと請け負う。

これで満点で二分、五十点で二朱になる。

新兵衛は下腹に力を入れて、的に向かって扇子を投げる。うまく的を落とし

た。扇子は的に被さり、扇子の片方が斜めになり振分荷物にかかっていた。

「おお、さすが若旦那。〝夢《ゆめ》の浮橋《うきはし》〟でやんす」

和助が驚嘆の声を漏らした。この形はめったにできない。偶然とは言え、最上の出来栄えである。これで二分を稼いだ。

しかし、春吉は投扇興に長けているらしく、「胡蝶《こちょう》」や「篝火《かがりび》」を披露した。六人しかいない部屋で、賭をしている二人をのぞいた四人が驚きの声を漏らす。

胡蝶は扇子が的の蝶を掬うように枕の上に乗ることで、篝火は枕に乗った扇子の端に的が引っかかっている状態を言う。茶屋遊びで芸者に披露したら、やんやの喝采《かっさい》で黄色い声が飛び交うこと請け合いである。

しかし、いまは大金を賭けた勝負事である。新兵衛は真剣な眼差しで、扇子を投げる。投げて的を落とし、扇子のどこでもいいから振分荷物にかかれと祈る。うまくいくときもあるが、春吉の腕が一枚上だとだんだんわかってきた。

気づいたときには、これまでと合わせて十四両の負けになっていた。

「新兵衛さん、このあたりでお開きにしたほうがよろしいんじゃございませんか」

負けが込んでいる新兵衛を慮《おもんぱか》ってか、作次が声をかけてきた。

新兵衛はやめたくなかった。なんとしてでも負けた分を取り返したかった。せめて半金の七両でも取り返したいと思った。

「若旦那、もうやめておけ。見ておれぬ」

稲妻がため息交じりに首を振る。和助もそうしたほうがいいと言う。

新兵衛はどうしようか迷った。つづけて負けの分を取り返したいが、勝ち目のないことはわかっている。春吉の腕前はたしかだし、自分より一枚も二枚も上だ。

「それじゃこの辺でやめておきましょう。春吉さん、すっかりまいりました。作次さん、種造さん、お騒がせしました」

「いやいや楽しませていただきました。ああ、酒代はお気になさらずに、あっしらにまかせてください」

作次は気前よく頰をほころばせる。

「それじゃお言葉に甘えまして……」

新兵衛は軽く頭を下げて、自分たちの客間に戻った。

五

「わしがいらぬことを言ったからこういうことになったのだ。若旦那、すまなかったな」

稲妻は申しわけなさそうな顔で頭を下げる。

「いいえ、稲妻さんのせいではありませんよ。おれが山っ気をだしたせいです」

新兵衛は言葉を返すが、深いため息をつかずにはおれない。

「若旦那、負けを悔いてもしかたありません。どこかで稼げばいいんです」

新兵衛はそう言う和助を見る。

「どうやって稼げと言うんだ。ここは駿河の府中だ。江戸ではないのだ」

「ま、そうでやんすが、投扇の下手な相手を見つけてまた賭けをやるってェのはいかがざんしょ」

「そんな相手が容易く見つかるか……」

新兵衛はまたため息をつく。

「それで若旦那、明日はここを発って島田宿だな」

稲妻は煙管を吹かして新兵衛を見た。

「稲妻さん、島田には行けねえかも。京にも……」

「どういうことだ？」

稲妻が紫煙《しえん》をぽわんと口の端から漏らす。

「路銀が足りません。印判がなければ、実家に為替を頼むこともできません」

「いくら足りないのだ？　少しならわしが持っているが……」

稲妻は三島宿で集めた金を所持している。しかし、それはもう二両もないはずだ。新兵衛の手持ちは七両もない。合わせて九両としても、京へ行っても江戸には戻ることができない。

「若旦那、春吉さんに金を借りたらいかがざんしょ。江戸に戻ったら返すという約束で。そのくらいの融通は利かせてくれるんじゃないでしょうか」

和助の提案はよいが、そんなみっともない真似はしたくない。御蔵前の小泉屋と言えば、大札差である。跡取りが賭に負けて、勝った相手から金を借りたらどんな噂が立つかしれない。

「若旦那、和助の言うことには一理ある。若旦那は小泉屋の跡取りだ。作次らもそのことを知っておるんだ。その辺の小商人とは違う。頼めば貸してくれるやもしれぬ。まさか、路銀がなくなったから江戸に帰るなんて言わぬだろうな。せっかくここまで来たのだ」

稲妻はコンと煙管を灰吹きに打ちつけた。

「そのまさかです。島田宿には行かずに明日は江戸に戻ります」

「ええっ、ええっ……それじゃまた振り出しではありませんか。ひょっとして江戸に戻ったら、またあらためて旅をするってんじゃないでしょうね」

和助が目を大きく見開き慌てる。

「そうするしかあるめえ。おれは京へ行くと決めて江戸を出たんだ」

「ひゃー若旦那、そりゃまた骨が折れますよ。また箱根の山を上らなきゃならないし、川越もあるんでござんすよ」

「それは覚悟のうえだ。だけど……」

新兵衛は言葉を切って思案した。稲妻が「だけどなんだ」と、聞いてくる。

「ちょいと春吉さんらと話をしてみようかな。和助が言うように相談に乗ってくれるなら江戸に戻らずにすむ」

「そうしましょう。そうしましょう。きっとわかってくださいますよ。悪そうな人たちではないし、きっと請け負ってくださいますよ」

新兵衛は和助が言い終わらぬうちに立ちあがり、作次たちの部屋を訪ねた。三人はうまそうに酒を飲みながら談笑していた。

「相談、どんな相談です？」

作次が顔を向けてくる。

「その賭では負けましたが、これからの路銀が足りなくなったんで困ってるんです。ついては、さっきの負け分をお貸しいただけませんか。江戸に戻ったら、利子をつけてお返ししますので……」

新兵衛は下手に出て三人を眺めた。作次は春吉と種造と顔を見合わせて、新兵衛に視線を戻した。

「小泉屋の若旦那、そりゃできねえ相談だ。あんたがたしかに小泉屋の若旦那というのは話だけだ」

作次は強情顔になっていた。

「嘘偽りじゃありません。これを見てください」

新兵衛は持参の往来手形を見せた。だが、作次はちらりと眺めただけで、

「新兵衛とおっしゃる若旦那よ。あんたはたしかに札差小泉屋の跡取りかもしれねえが、おれはそっくりそのまま信用するお人好しじゃねえんだ。それに手形なんて、いまどきどうにでも細工ができる」

と、突き放した。

「まさか、これが偽物だと……」

「本物だという証拠はあるかい」

作次は掌を返したように言葉つきを変えている。

「証拠と言われても、嘘なんか言いやしませんよ」

「おいおい、博奕に負けたからその金を貸してくれと言うのは虫がよすぎはしねえか。賭場でそんなことしたら、袋だたきだぜ。おまえさんに会ったのは今日が初めてだ。そんな野郎の言うことを真正直に受ける馬鹿はいねえ。なあ……」

作次は同意を求めるように春吉と種造を見る。二人はもっともだというようにうなずく。

新兵衛はやっぱり相談なんかするんじゃなかったと後悔した。それに態度を一変させた三人のことも信用できなくなった。作次は神田鍋町の荒物屋の主だと言ったが、それは嘘で質《たち》の悪い博徒かもしれない。

頼んでも無理だと悟った新兵衛は、あきらめることにした。

「わかりました。無理な相談でしたね。お邪魔しました」

新兵衛はそのまま作次たちの部屋を出た。なんだかすっかり騙された気分で、持って行き場のない怒りに駆られていた。

「いかがでやんした」

客間に戻るなり、和助が剽軽な顔を向けてきた。新兵衛はいきなり和助の頭を引っぱたき、

「明日江戸に帰る」

と、憮然とした顔で腕を組み、胡坐をかいた。

六

小泉屋の新次郎は、店の前の腰掛けに座り、手にしている風車にふうっと息を吹きかけた。風車は乾いた音を立ててまわり、そしてゆっくり止まった。

西の空はもう暮れようとしている。新次郎はそんな空を眺めながら、兄新兵衛はいま頃どこでなにをしているのだろうかと、ぼんやり考えた。

このところ仕事が忙しかったが、ようやく落ち着いてきた。札差が忙しくなるのは春・夏・冬の三季だ。旗本と御家人に支給される蔵米がその時季にあるからだ。

札差は札旦那と呼ばれる旗本と御家人の支給米を、御蔵役所に行って受け取

り、それを換金し、余った米といっしょに札旦那の屋敷に届ける。その際、手数料となる口銭を差し引いて利益とするが、それだけでは大きな儲けにならない。内証の苦しい札旦那は、先々に支給される蔵米を担保にして札差から金を借りる。このときの利子が、札差の大きな利益になる。

新次郎は脇に置いていた「金帳」と呼ばれる帳面をぱらぱらとめくった。これには札旦那たちの姓名・禄高《ろくだか》・石代《こくだい》金高《かねだか》などが細かく記載されている。札差は金を貸す札旦那の内証具合をそれで知るのである。

「ふう」

新次郎は吐息をついて金帳を閉じ、また遠くの空に目をやった。もう日が暮れようとしている。

「兄さん」

と声に出し、新兵衛の顔を脳裏に浮かべ、わたしには難しい仕事ですと、胸のうちでつぶやく。店の多くの仕事はこなせるし、大方のことはわかった。しかし、おとなしい新次郎には苦手なことがある。

それは蔵宿師《くらやどし》と呼ばれる男の存在だった。蔵宿師は札旦那の代行者となって、札差と談判をする。屈強で弁の立つ男で、下手に出たかと思えば、掌を返して脅しをかけたりする。

執拗《しつよう》に借金を減らさせたり、返済時期を先に延ばさせたり、利子をまけさせたりする。

口達者だし、権柄《けんぺい》ずくで威嚇もする。そんな男と新次郎は渡りあうことはできない。

昨日もそんな蔵宿師に追い返された。父であり小泉屋の主である新右衛門は、

「なにをだらしないことを……相手はおまえを食いはしないんだ。うまく話をして損金を出さないように折り合いをつけなければならない。それができなきゃ札差はやっていけないんだ」

と、わかったようなことを言うが、新次郎にはできない。

相手が頭ごなしに大きな声で、返済を延ばせ、利子を負けろ、何年の付き合いだなどと言われれば、もう言葉を返せなくなる。

（札差はわたしには向いていない）

新次郎はこの頃そう思うようになっている。新兵衛は家の商売のいろはを覚えなければ、どんな商家に行っても通用しないと言う。そのために新兵衛はわざと家業を怠け、その仕事を自分に押しつけている。

兄新兵衛の思いやりだというのはわかるが、新次郎には重荷になっていた。

「あら、こんなところでなにをしているのだい。もう仕事はしまいなの？」

声をかけてきたのは母のおようだった。風呂敷包みを抱えていた。

「ええ、もうそろそろ暖簾をしまってもよい頃合いです」

「それにしても、日が長いから一日が長いわね」

おようは隣に腰を下ろした。

「どこへ出かけてきたんです？」

「明神下に用があってね。たいした用ではなかったんだけど……」

ふっと、おようは口の端に笑みを浮かべ、髪を押さえるように触った。新次郎は明神下と聞いて、ふとあることを思いだした。明神下には付き合いのある札旦那があり、そこへ返済の金を取りに行く途中で、おようを見かけたことがあるのだ。

ひとりではなかった。若い男と楽しげに歩いていて、一軒の茶屋に消えたのだ。男は髪結いの清三郎で、二人が入った茶屋はただの料理屋ではなく、ときに男女密会の場所に使われる店だった。

まさかと思ったが、すぐに否定した。きっと日頃世話になっているので、おっかさんは清三郎にご馳走でもするのだろうと考えた。そう思うようにしたが、疑心をすっかりぬぐったわけではない。

「明神下ですか……」

「そう。仲良くなったおかみさんがいてね。その方、とても小唄がお上手なの。それで少し手解《てほど》きを受けてきたのよ」

「そうでしたか」

「新兵衛はどこにいるのかしらね。便りのひとつもくれれば安心できるのに……。でも、あの子は筆まめではないし、親の心配も考えてはいないでしょうね」

「でも、兄さんはあれで結構親思いのところがあります。旅の空の下で家のことを考え、おとっつぁんやおっかさんのことを思っているはずです」

「おまえは兄思いだからそう言うけど、親のことを思っているなら、家業のことをしっかり考えてもらいたいのよ。そこにいたと思えば、いつの間にかふらふらと町に出ていなくなる。太鼓持ちの和助を子分のように引き連れて茶屋遊びをする子だよ。惣領としての自覚が足りなさすぎるのよ。おとっつぁんももう少し厳しく言えばいいのに、あの子は弁が立つからやり込められてしまう」

はあ、とおようはため息をつく。

「兄さんはあれで店のことを考えているんですよ。旅に出たのもこれからの小泉屋のことを考えてのことだと言ってるんですから」

「いやに新兵衛の肩を持つじゃない。でも、そうね。あの子が言うように、ちゃんと店のことを考えてくれての修行の旅ならよいのだけれど……」

ほんとうのところはどうかわからない、という顔をおようはした。

「わたしは兄さんを信じてますよ」

新次郎がそう言うと、おようがふっと顔を向けて頬をゆるめた。

「おまえはいい子だね」

およはそう言って家の裏にまわっていった。たとえ店主の女房であっても、女は表口からは入れないことになっている。新次郎はそんな母親の姿を見送って店に入った。

父親の新右衛門と番頭の小兵衛が帳場で話し込んでいたが、新次郎に気づくと、

「明日は三軒まわってきてくれるか。西両国の小久保《こくぼ》様と原田《はらだ》様と松野《まつの》様だ」

と、新右衛門が言ってきた。いずれも旗本で御台所町《おだいどころまち》に屋敷がある。

「蔵宿師は雇っていないから、おまえでも用は足りる」

「わかりました」

「それがすんだら、わたしは向島で少し骨休めする。やれやれだ」

新右衛門はそう言って奥の座敷に向かった。

「新次郎さん、そろそろ表を閉めましょう」

小兵衛に言われた新次郎はそのまま表に出て、暖簾に手をかけて暗くなった西の空を見た。

(兄さん、早く帰ってきておくれ)

七

「もうあと二日で川開きですね」

浅草東仲町の茶問屋「山城屋」の箱入り娘お菊は、縁側で木槿《むくげ》の花を眺めていた。そこへ、女中のお袖がやってきて話しかけた。

「そうね」

お菊は木槿を一輪挿しにしようかと、考えていたのだ。白い花を咲かせている木槿の木の下には可憐な青い花を咲かせている露草《つゆくさ》があった。

昨日の夕刻に通り雨があり、庭にある草花はしっとり濡れていたが、日が高くなるにつれて乾きはじめていた。

「川開きは楽しみですね。お嬢さんは誂《あつら》えた浴衣で行かれるのですね」

「そうね」

「どうなさったの？　なんだか浮かない顔をして……」

お袖が顔をのぞき込んできた。

「川開きは楽しみだけど、そうでもないわ。だって、おとっつぁんは花火より酒が目あてなんだから。連れて行ってもらう奉公人たちも、中川屋の料理とお酒が目あてなんだってわかりきってるじゃない」

今年の川開きに合わせて山城屋は、本所藤代町の中川屋という料理屋をすでに押さえていた。

「そうかもしれませんけど、花火見物ができるのです。中川屋は見物にはいい場所だと言いますから」

「わたしは楽しくないのよ。花火なら両国橋の上から見てもいいし、大川端で見てもいいもの。酔っ払いと見たって楽しくなんかないわ。それより……」

お菊は蠟燭問屋「船屋」の市之進の顔を思い出して、言葉を切った。

「それより、なんでしょう……」

「なんでもない」

お菊はそう言うと、行儀悪く崩していた両脚を前に伸ばし、それから両膝を立てて、そこに顎を置いた。

「わたし聞いたんですけど」

「なにを……」

お菊は日の光に照らされている白い木槿の花を眺める。

「縁談のことです。小泉屋の新兵衛さんという人は、結構男前らしいですわ」

「ふうん」

「弟さんとはあまり似ていなくて、すらっとした身丈で鼻筋の通った人らしいのです。仕事もできるそうですが、ちょっと遊び癖があって、そこがまた男として女心を惹きつけるらしいと……」

「誰にそんなこと聞いたの？」

お菊は顎をあげてお袖を見た。

「小泉屋の近所です。八百屋のおかみさんと煙草屋のおかみさんがそう言っていました。お嬢さんは小泉屋さんとの縁談を気に入られていないご様子ですが、わたしはいい話だと思うのですけれどね」

お菊はそう言うお袖に顔を向けた。あばた面でお多福のような顔をしている。そんなお袖を眺めながら、きっと親に、わたしを口説くように言われているのだと思った。

お袖はお菊の世話掛のようにいつもそばにいるが、それは親の監視代わりだと、お菊は考えている。

「わたしは気が乗らないのよ。親に押しつけられての嫁入りなんて気が進まないわ」

「そんなことおっしゃっても、話は進んでいるんですから……」

「ねえ、並木町の船屋さん知ってるでしょう」

「存じてます。蠟燭問屋ですね」

そこの跡取りの市之進を知っているかと聞きたかったが、お菊は喉元で抑えた。もしそのことを言えば、お袖は詮索するだろうし、親に言いつけるかもしれない。

お袖は都合のよい味方ではあるが、雇われ女中だから親の指図を受けている。自分の胸のうちを打ちあけるわけにはいかない。

だが、どうしても市之進のことを知りたい。ひょっとすると、自分と同じように縁談があり、嫁取り話が進んでいるかもしれない。そうなったら手遅れになる。どうにかして船屋の内情を探りたいが、自分が動くわけにはいかない。

やはり、お袖を頼るしかない。そのためにはどういう話をすればよいだろうかと、お菊は忙しく考える。

「船屋さんがどうかしましたか……」

お袖が話しかけてくる。お菊はいい口実はないかと考える。そこであることを思いだした。

「ねえ、わたしの幼馴染みのおせきちゃんのこと知っているでしょう」

「存じてますよ。お嬢さんと仲のよい尾張屋《おわりや》の娘さんですね」

「おせきちゃんはわたしと同じように嫁入りの歳なんだけれど、そんな話が来ないんだって。それで悩んでいるのよ」

「おせきさんが……」

「そのおせきちゃんがね、船屋のご長男にちょっと気があるのよ」

「はあ」

お袖は目をしばたたく。

「わたし、そのご長男のことよく知らないんだけど、どんな人かしらと思ってね」

お菊はしれっとした顔でつづける。

「わたしがそのご長男のことをいろいろ聞きまわるわけにはいかないでしょう。変に思い違いされたくないしさ。たしか、お名前は市之進さんと言ったはずよ。お袖は知っていて？」

「いいえ、船屋さんの前はよく通りますけど、はてどんな人かしら……」

お袖は目をきょろきょろさせる。

「ちょっとその市之進さんがどうなっているか、こっそり調べてくれないかしら」

「わたしがですか……」

「だってわたしにはできないことよ。こんなことはお袖にしか頼めないもの。ねえ、やってくれないかしら」

「はあ、どこまで調べられるかわかりませんけど」

「それじゃお願いするわ」

お菊が両手を合わせると、お袖は「はい」とうなずいた。

第七章　行き違い

一

西の端に日が落ち、あたりに夕靄が立ち込めた頃、新兵衛たちは川崎宿に入った。府中宿を発って五日目だった。

「もう日が暮れた。若旦那、どうする？　まだ歩くつもりか……」

稲妻が編笠を脱ぎ汗をぬぐいながら顔を向けてきた。息が荒れていた。それは新兵衛も和助も同じだ。

なんとか今日のうちに江戸に入りたかったが、あきらめるしかないようだ。

「ここで一泊しましょう」

「それがようございます。あたしゃもう疲れてへとへとでやんすよ」

和助はへばった犬のような顔をしていた。

旅籠に草鞋を脱ぐのはいいが、もう路銀は底をついていた。

できるだけ節約してきたが、大飯食らいで大酒飲みの稲妻がいるし、箱根では弱音を吐く和助のために駕籠を雇いもした。途中での茶代や飯代、草鞋代などと細々した費《つい》えも三人ともなるとかなりの出費だ。

新兵衛たちは宿外れに小さな旅籠を見つけた。「お泊まりはこちら。お泊まりはこちら」と、うるさくまといつく留女がいないので、客間が埋まっているのかもしれないと危惧したが、玄関に出てきた年寄りの主が、何人様でと聞いてきた。

「みったりだ」

「はい、お三人様ご案内ー」

主が奥に声をかけると、これまた大年増の太った女中があらわれた。新兵衛はちょいと待ってくれと言って、旅籠賃を主に聞いた。

「お三人様ですと相部屋でようございますか。それでしたらおひとり二百文でお願いします。お代はお発ちのときで結構でございます」

主は笑みを浮かべ揉み手をしながら言う。

「飯代も入っているのかね」

普段はそんなことは聞かないが、いまは懐が寒いのでたしかめる。

「はい、朝夕とつきます」

新兵衛がそれでは頼むと言うと、女中の案内で客間に通された。四畳半一間の殺風景な部屋だった。

「おい、晩飯の前に酒と肴を持ってきてくれ。酒は五合もあればよいだろう」

稲妻はすかさず女中に注文する。その程度の金はあるので、新兵衛は黙っている。それに明日は実家に帰ることができるので、有り金すべてをはたいても問題はない。

酒と肴が運ばれてくると、三人は楽な恰好になり車座になった。和助が新兵衛と稲妻に酌をする。肴は鰯《いわし》の酢漬けと煮豆だった。

「それにしても京は遠いな」

稲妻が酒を嘗めるように飲んで言う。

「途中まで行ったのにまた振り出しでござんすからね。若旦那、それでまた京に行くとおっしゃるんじゃないでしょうね」

和助は煮豆をぽいと口のなかに入れる。

「行くさ」

新兵衛が答えると、和助は「へっ」と、鳩が豆鉄砲を食ったような顔をする。

「その前に、投扇で取られた金を取り返す」

「ええ、また勝負すると言うんですか？　あの春吉という人は投扇の名人でございますよ。またやられちまったらどうするんです」

「今度は負けねえさ。あの三人が見つかればの話だが……」

「作次という男は鍋町の荒物屋だったな。他の二人も近所らしいから、作次が言ったことがまことなら見つけられるだろう。だが若旦那、また勝負をするって本気かい？」

稲妻が見てくる。

「このまま引っ込んでられませんよ。取られたものは取り返す。そうでなきゃおれの腹の虫が治まりません」

「まあ、すっかりやられちまったからな」

「今度は負けた分の倍を取り返しますよ」

新兵衛はその腹づもりでいた。旅は情け人は心と言うように、稲妻はよく知りもしない旅商人の辰吉に情けをかけた。しかし、あの作次という男はそうではなかった。恥を忍んで頭を下げたのに、態度一変掌を返し自分を疑い頼みを断った。

そのことがどうにも腹立たしい。たしかに勝負に負けた自分の落ち度ではあるが、このまま泣き寝入りしたくなかった。

「あの三人は、いま頃どこでしょうね。あたしらは急いできたので、とっくに追い越しているはずですね」

「まあ、それでも二、三日遅れで江戸に戻るだろう」

新兵衛は酒をあおって宙の一点を凝視した。腹の底にめらめらとした闘志があった。

「だけど、あれですね。稲妻さんが三島で辰吉さんに喜捨を募って、その残り金があったので助かりましたね」

「わしは先を見越しておったのだ」

稲妻は自慢げに言うが、ほんとうは自分でくすねようとしていたのだと、新兵衛は思っている。もっとも図太いのかもしれないが、稲妻のこすからい一面を見た気がしていた。

「ともあれ、川崎まで戻ってこられてよかった。ここから江戸まで四里少々。明日の朝はゆっくり出立しても、昼過ぎには江戸だ」

新兵衛はそう言って酒を口に運んだ。

その夜三人は、泥のような眠りにつき、翌朝は五つ過ぎに川崎宿を発った。

二

「もうじき梅雨だというのに、今日はよく晴れているね」

小泉屋の主新右衛門は店に戻るなり、帳場にいる番頭の小兵衛に声をかけた。

「旦那、大久保《おおくぼ》様に会われませんでしたか？」

小兵衛は天気のことには触れずに言葉を返した。

「大久保様……もしや、御書院番《ごしょいんばん》の与力の大久保様かい……」

「さようで。また貸してくれとおっしゃるんで、その前の貸付けもあるので渋ったのですが、願い倒されまして……」

小兵衛は弱り顔で首をかく。

「貸したのかい？」

「はい。貸してくれなければここに居坐る。おまえでは話にならぬので、旦那が帰ってくるのを待って談判すると強情を張られまして……」

「あの人はずいぶん貸付金を溜めているよ。先々の切米を担保にするのはいいが、どうやって生計をお立てになるんだろうね。それでいかほど都合したんだね」

「金三十両です。借りるのはこれで最後だとおっしゃいましてね」

「そんな言葉はあてにはならないよ。だけど、貸したのならしかたない。こっちは切米をもらうだけだからね」

新右衛門は「はあ」と、ため息をついて帳場横にあがり、羽織を脱いで扇子をあおいだ。御蔵役所に行っての帰りだった。此度、御蔵奉行が代わったので挨拶に行ってきたのだ。

「他になにか変わったことはなかったかね」

「なにもございません。そろそろ新次郎さんが戻ってみえる頃です」

「清水右近《しみずうこん》様のお屋敷に行ったんだったね。切米を届けるだけだから、あれには楽な仕事だ。だけど、蔵宿師となればまったく用をなさない。あれほど小心者だとは思わなかった。やっぱり新兵衛でないとこの商売は務まらないか……」

新右衛門は扇子をあおぎながら独り言のようにつぶやく。

「新次郎さんは口下手ですから無理なことは押しつけられません」

「そうは言っても、この頃は蔵宿師が増えているから相手をしなきゃならない。下手に出れば嘗められる。丸め込まれて返済を遅らせたり、願い倒されて利子を負けることもできない。そこは譲れないからね」

「おっしゃるとおりですが、新次郎さんには押しつけないほうがよろしいかと思います。蔵宿師が来たら、わたしがうまく相手しますので……」

「まあ、おまえさんだけが頼りだ」

小兵衛は痩せて小柄で頭髪が薄い。見た目はひ弱だが、威圧的な蔵宿師が来ても怯まずに相手をし、風に揺れる柳のように相手の言葉をのらりくらりとかわせる。

表から空の大八の音が聞こえてきて、新次郎が車力にそこに置いておくように指図する声があった。

「お帰りのようですよ」

小兵衛がそう告げるなり、新次郎が二人の小僧といっしょに店に入ってきた。

「ご苦労だったね。清水の殿様のお屋敷だったかい」

「はい、あの殿様は律儀な人だしやさしいので行くのが楽しみです。今日は扇子をいただきました」

新次郎はもらった扇子を嬉しそうに見せた。

「清水の殿様はいい人だけど、うちにとってはあまり商売にならない人だ。それでも札旦那は札旦那だからむげにはできない。その辺が札差の難しいところだ」

清水右近は役高千石の書院番組頭なので、小泉屋から借金はしない。よって小泉屋は札差料しか入らない。札差料は百俵につき金一分、米の売却料は百俵につき金二分だ。それに、御米蔵から屋敷までの運搬料は札差持ちである。

やはり、蔵米手形を担保に金を借りてもらうのが利益になる。こちらは年利一割二分なのでかなりの収入となる。

「兄さんはもう京に着いているでしょうか……」

小僧から茶を淹れてもらった新次郎がぽつりと言った。

「もう着いているだろう。江戸を出て二十日はたつからね。商売修行の旅だとわたしにうまいこと言ったが、ほんとうのところはわからないよ。聞いた話だけど、京には祇園《ぎおん》とか嶋原《しまばら》という花街があって、そりゃきれいな芸者がいるらしい。まさか、そんなところで遊びほうけちゃいないだろうと思うけど、新兵衛のことだからわからないね」

「若旦那が小泉屋の先々を考えて修業に行くとおっしゃったんですから、無駄な遊びは慎んでいらっしゃるでしょう」

小兵衛は新兵衛を庇うようなことを言う。

「どうだかわからないよ」

「兄さんは、あれで真面目なところがありますからね。きっとあれこれ学んで帰ってきますよ」

新次郎も新兵衛を庇う。

「学ぶったって、なにを学んでくるんだろう。小泉屋は札差なんだ。京に行っても札差の修行なんてできないんだ。あれはとんだ道楽息子だ。それだけははっきりしているけど、そろそろ目を覚ましてもらわなきゃ困るね」

「旅に行く兄さんのことを許したのは誰ですか？」

新次郎が見てくる。

「許さなくても、あいつは言いだしたら聞かない男だ。どうせ行くとわかっていたから、いって来いと言ったまでだよ」

「おとっつぁんは兄さんには甘いですね」

新次郎がしれっとした顔で言う。

「そんなつもりはないよ。いつの間にかああなってしまったんだ。それにしてもとんでもないどら息子に仕上がったもんだ」

　そう言って新右衛門は茶を飲んだ。そのとき、「ああー！」と、小兵衛が大きな声をあげた。土間にいた二人の小僧も「ああー！」と驚きの声を発する。

「兄さん！」

　上がり框に腰掛けていた新次郎がすっくと立った。噂をしていた新兵衛が戸口に立っていたのだ。

「どら息子のお帰りだ」

三

　その夜、小泉屋の茶の間に一家四人が揃って夕餉の膳についた。

　おようは新兵衛が帰ってきたことが嬉しくもあり、また少し不安でもあった。唯一自分の秘密を知っているのが新兵衛だからだ。清三郎との仲を口外しないと約束させてはいるが、いつ漏らすかわからないと気が気でない。

　もし、そんなことになったら夫の新右衛門はきっと三行半《みくだりはん》を言いわたし、自分を追い出すだろう。自分で妾を囲っておきながらである。ひょっとすると、その妾を後添《のちぞ》いにするいいきっかけ作りにするかもしれない。

そうなったら大変である。四十過ぎの大年増の行くところはない。はたらきに出ようとしても、雇ってくれるところはないだろうし、清三郎にも捨てられるかもしれない。とにかく新兵衛には気を配らなければならない。

「真っ黒に焼けてしまって、色男が台なしじゃない」

およう は新兵衛に香の物を差しだす。

「菅笠は被っちゃいるけど、日に焼けるのはしかたねえさ。何人ものお伊勢参りの旅人に会ったけど、みんな真っ黒けの毛だ」

新兵衛は酒を飲む。

「それにしても府中まで行って帰ってくるとはね。まあ、路銀が足りなくなったのならしかたないだろうが、なにか修行の足しになったのかい？」

新右衛門は猪口を口に運びながら聞く。

「ただ旅をしているわけじゃありませんよ。たしかに宿場から宿場へと移り歩くだけだけど、その間には学ぶことがいろいろあるんです」

「するとなにか学んだことがあるってことかい？」

新右衛門は興味ありげな目で、どら息子を見る。

「旅籠です。宿場には必ず旅籠があります。それもいろんな旅籠が。上々吉、上吉、並、並以下と。上々吉の旅籠は店の構えはさることながら、客の応対がよいのです。客を気持ちよくさせるのが上手です。料理もいい種を使ってだしてくれる。旅籠を出るときも気持ちよく送り出してくれる」

「そういう旅籠ばかりじゃないということか……」

「客を取ればこっちの勝ちだみたいな旅籠は下の下です。女中の躾《しつけ》もよくないし、料理もたいしたことない。そこで考えたんです」

「ふむ、どんなことを……」

おようも気になって二人のやり取りに耳を傾ける。

「街道筋にある旅籠の客は、旅人がほとんどです。その多くがお伊勢参りや旅の行商人です。宿場にある旅籠はそんな客の取り合いをする。そんな様子を見ていて、ふと思いついたんです。宿場に入ってきて出て行く人の数は、江戸に比べたらぐっと少ない。江戸には諸国から人が入ってくる。江戸見物のお上りさんもいれば行商もいる。その数は街道の宿場に出入りする人の何倍でしょう？　おそらく十倍じゃ利かない。下手すると五十倍、百倍かもしれない」

「すると、おまえさんは旅籠をやりたいと言うのかい？」

およう は口を挟んだ。

「まあ、ひとつの考えですよ。ですが、眺めのいいところに旅籠を構え、腕のいい料理人を入れ、気の利いた若い女中を雇い、客に満足してもらう。江戸に行ったらやっぱりあの旅籠が一番だと思わせる。噂が噂を呼び、江戸に来る旅人はうちの旅籠に泊まる」

「大きな旅籠を作るとなれば、それなりの元手がいりますよ」

新次郎だった。

「そりゃそうだ。元手はおとっつぁんが考える」

「ちょっと待て。するとおまえは札差をやめて旅籠をやりたいと言うのか?」

新右衛門が慌てて顔をする。

「ひとつの考えを話しているだけです。ですが、旅籠商売なら新次郎にもできる。他の店に奉公に出なくてもすむ」

「それは願ってもないことですが、この家の商売はどうするんです?」

新次郎は新右衛門を見てから、新兵衛に顔を戻す。

「そうだ。わたしはこの商売をやめるつもりはないんだ。商売が違えば、そのやり方も違ってくる。なにも知らずに旅籠なんかできるわけがない」

新右衛門はぐっと猪口をあおる。

「だから、ひとつの考えだと言ってるんです。まだまだ気づくことや知ることがあるかもしれない」

「あれ、おまえまた旅に出る気じゃないだろうね」

「また行きますよ。しばらくはこっちにいますけど……」

新兵衛はしれっとした顔で酒を飲んだ。

おようは新右衛門と顔を見合わせあきれ顔をした。

それから川開きの花火がどうだった。質の悪い蔵宿師が増えてきた。近所の家で野良猫騒動があったなどと世間話になった。

新兵衛が疲れたからと言って先に自分の部屋に引き取ると、新次郎も夕餉を食べ終えて自分の部屋に下がった。おようが片づけをする女中のお高《たか》の手伝いに立つと、

「およう、ちょいと、ちょいと」

と、新右衛門が手招きをした。そばに行くと、声を低めて、

「聞いたかい。あいつまた旅に出るつもりだ。もういい加減やめさせなきゃならない」

と、いつにない真面目顔で新右衛門が言う。

「しばらくは江戸にいると言ったな。その間に、例の山城屋の娘さんとの縁談を進めちゃどうだろうか。あいつも相手に会えば考えを変えるかもしれない」

「そうですね」

「明日にでも向こうさんと話をして、顔合わせの日取りを決めたらどうだ」

「少し早いですけど、そういう話になっていますからね」

「だったら明日にでも山城屋さんと話をして日取りを決めてきておくれ」

四

新兵衛は投扇興の稽古をしていた。

奥座敷に投扇興で正式に使う「枕」と呼ぶ桐箱の台を置き、的になる「蝶」を載せている。蝶は銀杏型で両端に鈴がついている。

縁側から風が入って来て、軒先の風鈴を鳴らしている。

新兵衛は片肌脱ぎになって真剣に扇子をつかみ、的になる蝶に投げる。あたっても、蝶が扇子から離れていれば点数にはならない。蝶は扇子に触れているか、上に載っていなければならない。同時に扇子は枕に触れているか、寄りかかっていなければならない。

エイッと、心中で唱えて扇子を投げる。うまくいったりいかなかったりと、なかなか難しい。新兵衛の膝許にはいくつかの扇子がある。どれが使いやすいか、どれがこの遊びに適しているかを探っていた。

府中宿では普段使っている扇子を使ったが、春吉という相手の使っていた扇子は、中骨が密になっていなかった。それも七本だった。そして、扇面（地紙）の山も七つだった。

幾種類かの扇子を使っているうちに、春吉が使ったものに近いのが適しているとわかった。

（これか。今度はこれで勝負だ）

新兵衛は真剣な眼差しで使う扇子を決めた。それから何度も繰り返し稽古をする。

蝶に狙いを定め、扇子を投げる。と、あたる瞬間に蝶が落ちることがある。それは微妙な間合いだった。なぜかともう一度やる。今度はあたる。しかし、何度かあたる瞬間に蝶が動く。

（なぜだ？）

風鈴がちりんちりんと騒がしく鳴る。新兵衛は息を吸い、そしてゆっくり吐き、あることに気づき、目を光らせた。

「兄さん」

背後から新次郎が声をかけてきた。振り向きもせずに「なんだ」と答えると、

「代わってもらえませんか。苦手な宿師がきてるんです。わたしでは務まりませ
ん」

と、新次郎は弱り切った顔で言う。

「どこの宿師だ？」

蔵宿師を縮めて「宿師」と呼ぶ。

「伊丹富治郎《いたみとみじろう》様の屋敷からみえています」

新兵衛は眉宇をひそめた。伊丹富治郎は大番組の組頭だ。六百石高の大身《たいしん》旗本だが、大番組には大坂城と二条城への在番が課せられている。大番組は十二組あるので、毎年ではないが、その番がまわってくると一年間は京か大坂に詰めなければならない。

組頭は相応の禄をもらっているが、二条在番や大坂在番になると、思いのほか出費がかさむ。それに往復の際にもいろいろ物入りがあり、懐が苦しくなる。

そんなときの頼みは蔵宿と呼ばれる札差だ。彼らは蔵米を担保に金を借り、そ

れで屋敷内の内証をしのぐ。

「わたしでは務まらないので、兄さんに代わってもらいたいんです。春日伊左衛《かすがいざえ》門《もん》という方です。おそらく浪人でしょうが……」

新次郎は情けなそうに両眉を下げる。

「よし、代わってやる」

新兵衛は表情をきりっと引き締めると、急いで着替えて帳場裏の客座敷に入った。そこにひとりの侍が座っていた。伊丹富治郎の屋敷に雇われている蔵宿師だ。新兵衛をじろりとにらむように見てくる。

「ずいぶん待たせやがる。おぬしが新兵衛か……」

「申しわけありません。いろいろと立て込んでおりまして……。それで、今日はどんなご用でございましょうか？」

新兵衛は商人らしく頭を下げる。

「殿様はこの店から金を借りておる。その相談だ。殿様とこの店の付き合いは長い。そのよしみで頼まれてもらいたい」

「どんなことでございましょう？」

「これまで小泉屋から借りた金の返済が遅れているが、まあ殿様も大変なお役目柄、いろいろと費えがかさんでおってな。返済の期日を少し延ばしてもらいたいのだ」

「ちょっとお待ちください。いま調べてまいりますので……」

新兵衛が帳場に行くと、番頭の小兵衛は心得たもので、必要な帳面をわたしてくれた。

低声で穏やかにお願いしますと言う。

「かなりの金高になっていますね。それで、いつまで返済を延ばしたいとおっしゃいます」

座敷に戻った新兵衛は帳面をめくって、春日伊左衛門を見る。

「二年ほどだ。それ以降残りの分は年賦に、それから利子を負けてもらいたい」

勝手な言い分だ。伊丹富治郎の借金は、利子を入れて二百三十両ほどある。新兵衛はかすかに頬をゆるめて春日を眺める。

「それはなかなか難しい相談です。借用証文を書かれたのは伊丹様でございます。それは承知のうえ、納得のうえでのことです。返済を二年延ばし、それ以降の残りを年賦というのはなかなか厳しゅうございます。おまけに利子を下げるのもできかねます。殿様は大御番組の組頭様。変な噂が立てば、お役目に差し障るのではございませんか」

「承知のうえでの頼みだ。呑んでくれぬか」

「手前どもも楽ではないのです。それに伊丹の殿様の借金をさように扱うとなれば、他の札旦那たちにしめしがつきませんし、伊丹様に倣ってうちもそうしてくれという方があらわれると困るんでございます」

「どこにも漏らしはせぬ。ここだけの話だ」

そんなやり取りがしばらくつづいた。春日は下手に出て、なんとか苦しい頼みを新兵衛に聞いてもらおうとするが、新兵衛はうまく言葉を返して折れない。

「そうか、聞いてくれぬか。それじゃ新兵衛、奥印金《おくいんきん》を使って金を貸したということは承知しておるな」

春日はにらみを利かし、威嚇するように肩を聳《そび》えさせる。蔵宿師は大方食えない浪人か、行状《ぎょうじょう》のよくない旗本か御家人の次男三男が多い。部屋住みの次男や三男は家督が継げないので厄介者扱いされ、腐っている者が多い。

「奥印金など滅相もございません」

新兵衛はにこやかに言葉を返す。奥印金とは札旦那から借金申し込みがあった際、手許に金がないので、他の金主から都合するため借用証文に奥印をくわえ、札差が保証人となって金を借り、これを札旦那に又貸しすることである。その際、金主からの利子が高くなり、札旦那はその分借金がかさむ。実際は手許に金があっても、架空の金主を作るので、札差は利子分を利益にできる。質の悪い札差になると、奥印したことを恩に着せ、奥印料を徴収する。また金主が返済しろとやかましいので、返済ができなければ証文を書き換え返済期日を延ばそうと言い、書き換えの礼金を取ることもある。

「そんなこたぁねえはずだ。昨年の八月には借り換えをしておるのだ。月踊《つきおどり》を勧められ、利子を二重に取ってもいやがる。やい、やってねえとは言わせねえぜ」

春日は高圧的に出て、脇に置いた刀に手を伸ばしもする。月踊とは、同じ月の利子を二重に取ることである。

「いいえ春日様、月踊なんてそんなことはやっていません。ここに帳面がありま す。借用証文も揃っています。よくご覧になってください。委細漏らさず書いてあります」

新兵衛は帳面を見せる。しかし、春日には読み込めないはずだ。だからといって新兵衛は強情を張って春日を追い返そうとはしない。

春日も使いとしてきた以上、手ぶらで帰っては主人である伊丹富治郎に顔が立たないはずだ。だからこう言った。

「春日様、おわかりでしょうか。帳面に間違いはございません。しかし、伊丹様の苦しい胸のうちもわかります。ここはどうでしょう。利子は一割二分のお約束ですが、伊丹様とのお付き合いもあります。利子を二分負けるということで呑んでいただけませんか。二分といえばかなりの金高になります。いかがでしょう。もちろん、ここだけの話で、伊丹様だけへのはからいでございます。悪い話ではないと思いますが……」

春日はいかつい顔にある眉を大きく動かし、うーむとうなり、

「そういうことであるなら、殿様も納得されるかもしれぬ。うむ、ならばそうしてもらうか」

春日はようやく折れた。

「殿様が納得されましたら、新たな借用証文を作りますので、その折にはまたご足労いただけますね」

うむうむと、うなずいた春日はおとなしく帰っていった。

「やれやれだ」

春日をうまく追い返した新兵衛は、投扇興の稽古をするためにさっきの座敷に戻った。

「兄さん、助かりました。ありがとう存じます」

新次郎がやってきて頭を下げた。

「おまえもあの手合いの相手をできるようにならないとな」

「それはわかっているんですが……」

新次郎がそう答えたとき、廊下に小僧があらわれ、新兵衛に和助が来ていると告げた。

五

和助は会うなり、新兵衛が指図していた調べの結果を話した。

「作次さんは、たしかに鍋町にある小川屋《おがわや》という荒物屋のご主人でやんした。もっとも店はおかみさんと奉公人にまかせているようで、当人は気ままに暮らしているようです」

「そうか。おれたちに話したのは嘘ではなかったのだな」

「春吉さんと種造さんも近所に住んでいるのはわかりましたが、お住まいまでは調べていません。ですけどね若旦那、変な噂も耳にしたんでござんすよ」

「なんだ」

新兵衛は和助の剽軽顔を見る。

「作次って人はやくざじゃないようですが、地廻《じまわ》りや博奕打ちに顔が利くらしいんで、気をつけたほうがようございます。春吉って人はほんとうに錠前師らしいので小手先が器用なんですよ。だから投扇もうまいんじゃないでしょうかね」

「なに、今度は負けねえさ。それにあの旅籠で使った枕も蝶も本物じゃなかった。それにおれは手持ちの扇子を使った。だがよ和助」

「へえ」

「これだ。今度はこれを使う。春吉さんもこれと同じ扇子を使ったじゃねえか」

新兵衛は自分が選んだ例の扇子を見せた。中骨が七本で、扇子の山も七つだ。

「今度はちゃんとした枕と蝶を使う。負けはしねえよ」

自信ありげに言う新兵衛の心には、府中宿で投扇興の賭に負けた悔しさがしこりのように残っている。

「おとっつぁんには賭に負けたので、江戸に戻ってきたとは言ってないが、つぎの旅の路銀を用立ててくれるかどうかわからねえ。せめて路銀の足しになる金は取り返さなきゃならねえ」

「若旦那ならできるでしょう。できますとも。でも、どうなりますかね。相手は春吉さんでしょ」

「やるしかないだろ。それで、日取りと場所を決める。場所は柳橋の『久松亭《ひさまつてい》』でいいだろう。川風も入るし、この時季なら涼しくていい」

「あそこはいい料理屋でございます。座敷を借りるんですね。で、いつになさいます？」

「今日の明日じゃ向こうにも都合があるだろうから、三日後の六つ（午後六時）ということで掛け合ってくれ。先方が受けてくれるとわかったら、久松亭に座敷を取れ。おれの名を出しゃあの店の主は断りはしない」

「へえ、それじゃ早速掛け合いに行って来ます。ですが、稲妻さんも連れて行ったほうがいいんじゃありませんか。相手はその辺の堅気《かたぎ》じゃないんですから……」

「決まったら稲妻さんにも知らせるんだ」

新兵衛は和助が去ると、扇子を取りあげて投扇の稽古を再開した。

その日の夕刻、およuは山城屋の幸兵衛《こうべえ》とお園夫婦に、新兵衛とお菊の見合いの相談をして帰って来るなり、夫の新右衛門を座敷に呼んで話をした。

「受けてくださったか。そりゃよかった」

新右衛門は頬をゆるめて扇子を使った。

「おかみのお園さんも、お菊さんを嫁にやる前に顔合わせをさせておきたかったと、喜んでおいででした。それで日取りと場所も話してきましてね。安っぽい座敷では足許を見られますんで、思い切って『万八楼《まんぱちろう》』にしました」

「万八楼なら申し分ない」

新右衛門は納得する。

「それで、三日後の暮れ六つに決めてきましたわ。都合が悪ければ、変えてもよいですがどうされます。山城屋さんはかまわないそうですよ」

「その日はなにもない。それじゃ三日後の六つに、万八楼だね」

新右衛門はそう言って、言葉を足した。

「これで婚儀が調えばめでたしめでたしだ。新兵衛も嫁をもらえば、余計なことを考えず家業に精を出すだろう」

その頃、山城屋の奥座敷にいたお菊のところに母親のお園がやってきた。

「夕方になると、いくらか涼しくなってきたわね」

「なにかご用……」

お菊は母親を見る。なんだか嬉しそうな顔をしている。

「さっきね、小泉屋のおかみさんが見えたのよ。おまえと小泉屋の新兵衛さんのことでね。お見合いの席を設けてくださるそうよ」

「お見合い……」

「顔合わせだよ。おまえもなにも知らない相手といきなり祝言なんていやでしょ。それで新兵衛さんに会ってもらうわ。三日後に万八楼よ。その日、花火が上がればいいわね。あの料理屋からの眺めもいいからね」

「三日後……」

お菊は浮かない顔でつぶやき、新兵衛の弟の新次郎の顔を思いだした。どことって取り柄のない凡庸な顔だ。

「そうよ。それでお互いの顔がわかれば、安心するでしょう。おとっつぁんも乗り気だから、そのつもりでいてちょうだい」

「……ま、わかりました」

お園はそれじゃね、と言ってそのまま座敷を出て行った。

それからしばらくしてお袖がやってきた。

「お嬢さん、わかりましたよ。船屋の市之進さんのこと……」

お菊ははっと目をみはった。

「尾張屋のおせきさんはお目が高《たこ》うございます。市之進さんはどんな人かと思っていたら、役者にしてもいいほどの男ぶりではありませんか。わたしも遠目に見て、あれこんないい男の人が近所にいたんだと驚きました」

「それでどうだったんだい？」

「市之進さんは船屋の跡取りで、そりゃ仕事熱心で、客の受けもよくて、近所でも悪い噂は聞きません。それで気になる嫁取りの話ですけど、まだないそうです」

お菊はそれを聞いて安心した。

「なんでも市之進さんにその気がないらしいんですけど、船屋さんではそろそろ嫁取りをしなければならないと話しているそうです。そんなことですから、おせきさんが気になっているんだったら早く教えてあげたほうがよいですよ。先に話が持ち込まれたら、おせきさんが可哀想じゃありませんか」

おせきはこんな話はなにも知らないし、お菊は伝えるつもりもない。今度はどうやって市之進と近づきになれるかを考えなければならない。

「それから、小泉屋の新兵衛さんのことを聞きました。なんでも風来坊らしいですわ。跡取りのくせに好きなことばかりやっているそうで、いまは旅に出ているとか帰っているとか……それにいつも太鼓持ちを連れて歩いてる遊び人だという噂もあります」

「そ、そうね」

「それはほんとうのこと……」

「ええ、そんな話を聞きました」

お菊は、うちの両親はどうしてそんな男に自分を嫁がせようとしているのだろうかと、少し腹立たしくなった。この縁談は絶対に断らなければならない。

「ま、わかったわ。おせきちゃんにはわたしからうまく伝えることにするから」

お菊はそう言って、暗くなってきた表に目を向けた。

六

夜の帳が降り、新兵衛が縁側に蚊遣《かや》りを焚いたときに、和助が庭先にあらわれた。いつも裏木戸から入ってくるのが和助だ。

「旦那、まだ稽古をしていたんでございますか。ご熱心ですね」

和助は座敷にある枕と蝶を見て感心顔をする。

「今度は負けるわけにはいかねえからな。それでどうした？」

「はい。やっと作次さんに会うことができたんで、話をしたんです。すると喜んで受けて立つと言われました。春吉さんには会えませんでしたが、作次さんが話をするので心配はいらないってことです」

「それじゃ三日後は久松亭に来るんだな」

「久松亭のほうにも話をしてまいりまして、客間を空けてもらっています」

「さすが和助、手まわしがいいな。おまえにしては上出来だ」

「若旦那のためなら火のなか水のなかにも飛び込むあたしざんす。こんなの晩飯前でやんすよ」

「まあ、夕餉時分だからな。それじゃ稲妻さんにもその旨伝えてくれねえか。相手はやくざじゃなさそうだが、どうにも食えねえ男たちだ。なにかあっても稲妻さんがいりゃ安心だ」

「おっしゃるとおりです。それじゃ伝えておきますが、他にご用はありませんかか？」

「今日はもういい。なにかあったら使いをだす」

「へえへえ、それじゃ若旦那、楽しみでございますね」

和助はそのまま帰っていった。

新兵衛は空に浮かんだ月を眺めて、口を引き結んだ。

（今度は負けねえ）

「若旦那、そろそろご飯ですよ。支度が調っていますから……」

廊下から女中のお勢《せい》が声をかけてきた。

新兵衛はすぐに行くと答え、茶の間に席を移した。父親の新右衛門と新次郎はすでに席について晩酌をはじめていた。

「ちょっといい話があるんだ」

新兵衛に猪口をわたしながら新右衛門が頬をゆるめた。

「なんでしょう」

「おまえの縁談だ。今日お見合いをすることが決まった」

「お見合い……相手は誰です？」

「決まっているよ。山城屋のお菊さんだ。先方も喜んで受けてくださったそうだ」

「だから日取りも場所も決めてきたわ」

おようが鯛の煮つけを出しながら言った。

「まあ、見合いぐらいならいいけど、相手を見て断ってもいいんですね」

新兵衛は酒を飲んでおようを見た。

「きっと断りはしないわよ。相手は浅草小町と言われるお嬢様よ」

そんなことあるかと、新兵衛は腹のなかで吐き捨てる。

「それでいつどこでやるんです？」

「三日後の暮れ六つに万八楼よ。先様も喜んで受け合ってくれたわ」

「そりゃ困る。その日は用があるんだ」

おようは新右衛門と顔を見合わせた。

「用があるって、そんな話は聞いていないぞ」

新右衛門が猪口を置いて見てきた。

「聞いていないって、おれの都合も聞かずに勝手に決めてくるのがおかしいでしょう。おれはもう子供じゃないんだ」

「子供じゃないって、家の仕事もろくに手伝いもせず大きな口をたたくんじゃやない」

　めずらしく新右衛門は声を荒らげた。

「そんなこと言ったって、大事な用があるんだ。三日後だなんて、それは無理だ。おれは行けない。日をあらためてくれれば考えはするけど」

「大事な用ってなんだ？」

「それは言えねえ。とにかくその日はだめです。先方に断ってください」

　新兵衛ははっきり言うと、酒をあおった。

　一度言いだしたらあとには引かない新兵衛のことを知っている新右衛門は、これは困ったという顔をおように向けた。

「新兵衛、どんな大事な用か知らないけど、断ることはできないの。あんたの嫁になるかもしれない人との顔合わせなんだよ」

「その日はとにかくだめです。やるなら他の日に変えてください。お勢、飯をくれ。今夜は早く休む」

　新兵衛はお勢に茶碗を差しだした。

　同じ頃、山城屋の茶の間では、お菊が父親の幸兵衛と母親のお園とともに夕餉の膳についていた。

「お菊、今日ね小泉屋のおかみさんが見えてね。おまえさんの縁談のことだけど、一度ご長男の新兵衛さんと顔合わせしたらどうかと言ってらしたの」

お菊は箸でつまんだ沢庵《たくあん》を途中で止めた。

「顔も知らないで祝言なんていやでしょう。だから一度会ってもらうことにしたから」

「小泉屋さんもそうしたほうがよいだろうとおっしゃるんだ」

父親の幸兵衛は嬉しそうに言う。

「それって……」

「まあ、見合いだ。小泉屋とうちで取り決めてもいいが、やはり当人同士がなにも知らなければ可哀想だろう」

「それっていつなんです？」

「三日後だ。六つに万八楼に席を取るそうだ。川開きはすんでいるので、その夜も花火が上がるかもしれぬ。まあ、楽しみにしていなさい」

幸兵衛はうまそうに飯を口に運んだ。

お菊はとたんに食欲をなくした。見合いなんてやりたくもない。わたしには船屋の市之進さんがいるんだからと、胸のうちでつぶやく。

「もし、会って気に入らなかったら断ってもいいの……」

幸兵衛とお園は顔を見合わせた。それから幸兵衛は苦笑を浮かべてお菊を見た。

「断るだなんて……まあ、形だけの席だ。いずれはおまえが嫁入ることはほぼ決まっているんだから。どんな人か会えばわかるさ」

いやだ、会いたくないとお菊は胸のうちで抗弁する。見合いの席に出れば、おそらく祝言の話に進むに違いない。

そうなっては困る。なにか断る手立てを考えなければならない。

「わたし、もういらないわ」

お菊は箸を置いて、ご馳走様と手を合わせた。

「どうしたんだい？　具合でも悪いのかい？」

お園が心配したが、

「なんだかお腹の具合がよくないの」

お菊はそう言って席を立った。そして、自分の部屋に戻る途中で考えた。

(仮病を使えばいいんだわ)

七

二日後の午後、おようは女中のお勢とお高と茶を飲みながら蒸かし芋を食べていた。

話題は新兵衛の見合いのことだった。

「若旦那は頑固なところがありますからね。こうと言ったら曲げない人ですから」

お高は二個目の芋を頬張って言う。

「それじゃ困るのよ。見合い話を持ちかけたのはうちのほうだから、急に都合が悪くなったって先様に失礼じゃない。山城屋さんはその気でいるんだから」

およは「はあ」と、ため息をつく。

「若旦那はよほど大事な用がおありなんですね。いったいどんなご用でしょう」

お勢が言う。

「どんな用があるのか言わないのよ。とにかくなにか口実を考えて断りにいかなきゃならないわ。ああ、なんと言えばいいかしら……」

「おかみさん、嘘も方便と言います。食あたりしたとか風邪を引いたとか……そんなことはどうです？」

お勢は呑気な顔で言う。

「そんなことも考えたんだけど、やはり嘘をつくことになるじゃない」

おようは平気で亭主に嘘をついているが、こんなところは生真面目である。

「体はなんともないんだし、山城屋さんの近くをうろついているのを見られたら、いいわけできないでしょう」

「山城屋の近くに行かないようにと、若旦那に話したらいかがです」

そのとき、新右衛門が茶の間の入り口に来て、おようにこっちへこっちへと手招きした。

なんだろうと思って隣座敷に行くと、

「山城屋のおかみさんが来てね。明日の見合いを先延ばしにしてくれと謝りにみえたんだよ」

と、新右衛門は真顔で言う。

「どういうことでしょう」

おようは目をぱちくりさせた。同時に救われた気持ちになった。

「なんでもお菊さんが食あたりを起こして寝込んでしまったらしいんだ。今日の明日じゃ治りそうにもないからと、お詫びに土産まで持ってきてくれた」

「それは助かりましたね」

「ああ、こっちから言いだしたことだから、どうやって断ればいいかと頭を痛めていた矢先だからね」

「それなら仕切り直しということですね」

「そういうことになる」

「はあ、助かりましたわ。そろそろ断りに行かなきゃならないと思っていたところでしたから。そうですか、それはようございました」

　およう は胸を撫で下ろした。

第八章　勝負

一

投扇の腕に磨きをかけることに余念のない新兵衛だが、ただ遊んでいるわけではない。普段からそうだが、店が忙しくなれば手伝う。蔵役所に足を運び、札旦那の屋敷へご用伺いにも行くし、掛け取りにもまわる。

もちろん帳簿付けも手伝えば、借用証文作りもする。その間に、新次郎の仕事ぶりを眺め、ときに助言もする。面倒な蔵宿師が来ればその相手もする。

それに、また旅に出ると決めているので、父親の心証を少しでもよくしておかなければならなかった。

そうこうするうちに作次たちとの約束の日が来た。

新兵衛は流行《はや》りのかまわぬ柄の浴衣を着て、久松亭に入り、まずは使う客座敷を見せてもらった。大川に面した二階である。女中が今夜は残念ながら花火は上がらないと言う。

「なに、花火なんかどうでもいいんだ。ちょいと楽しむだけだからね」

そんな話をしていると、和助が風呂敷包みを運んできた。投扇興に使う道具を包んでいるのだ。

「その辺に置いておけ」

新兵衛は和助に指図して、翳りゆく大川を眺めた。屋形船と屋根舟がゆっくり本所のほうに向かっていた。川を上る猪牙舟《ちょきぶね》もある。

川風が入ってきて座敷は涼しい。庇の風鈴が風に合わせて鳴っている。女中は行灯をつけ、蚊遣りを焚いて、料理はいつ運べばいいかと聞く。

「遠慮はいらねえからどんどん運んでくれ」

新兵衛はどっかりと胡坐をかいて、枕を置く場所を品定めする。大川に面した障子は開けておいたほうがいいだろうと考える。

「若旦那、負けられませんよ。負けちゃいやですからね」

「負けるつもりはないさ」

和助に答えたとき、稲妻がやってきた。客座敷を見てここは一度来てみたかった料理屋だと頬をゆるめ、床の間もあるのかと感心する。床の間の壁には山水の絵が掛けてあり、その下にはいかにも高直《こうじき》そうな壺が置かれていた。床柱には一輪挿しがあり、木槿が投げ入れてある。

「こういうのを風流というのだろう。眺めもよいな」

稲妻は満足げな顔で腰を下ろした。

「頼みがあります。和助もそうだ」

新兵衛はそう言って、

「賭けの途中で二人はおれの後ろに座ってくれませんか。それで、おれがエヘンと空咳をしたら、体をちょっと横に倒してください」

と、二人に注文をつけた。

「どうしてだい？」

稲妻が怪訝《けげん》な顔をする。

「とにかくそうしてください」

「よくわからぬが、そうしろと言うならそうしよう」

そんな話をしていると、二人の女中が酒と料理を運んできた。それが半分調えられた頃に、作次と春吉、種造が姿を見せた。

「こりゃまたいいところにお招きいただいたもんだ」

作次が太鼓腹を抱えるようにして腰を下ろす。

「ここのお代は負けたほうが払うということでいかがでしょう？」

新兵衛が言うと、作次は春吉を見てにやりと笑い、

「そういうことらしい。若旦那は太っ腹だ」

と、ガハハと豪快に笑う。新兵衛の相手をする春吉は余裕の顔だ。

しばらく料理をつまみながら酒を飲み雑談をした。新兵衛がほんとうに御蔵前の札差小泉屋の跡取りだというのはわかったと、作次が言う。春吉は今夜は花火は上がらないと聞いたと話す。

川開きのあと花火が上がるのは恒例だが、毎晩というわけではない。花火屋の玉屋《たまや》と鍵屋《かぎや》に後ろ盾となる出資者ができたときだけだ。大方その後ろ盾は、大店の分限者《ぶげんしや》である。大名が後援者になることもあるが、それはまれだった。

「さて、若旦那。話もいいが、そろそろはじめちゃどうだい？」

作次が新兵衛に言った。

「いいでしょう」

二

新兵衛は客間の中央に、長さ一間の緋毛氈《ひもうせん》を敷き、枕を廊下側の端に置きその上に蝶をのせた。新兵衛と春吉は、大川に背を向けて的の蝶に向かって扇子を投げることになる。

「春吉さん、これでよろしゅうございますか？　なにか注文があれば遠慮なく……」

準備を終えた新兵衛は春吉に打診した。ここで枕の位置を変えられるのは避けたいが、春吉はにやりと片頬に笑みを浮かべただけで、

「注文なんてないさ」

と、余裕の顔で切れ長の目を細くする。

「決めごとはいかがしますか？　府中の旅籠でやったあの賭けでよろしいですか？」

「そりゃ、小泉屋の若旦那に決めてもらおうじゃねえか。こっちは勝ってるんだからな」

作次が煙管を吹かしながら言う。

「それじゃ、同じやり方でいいですね。満点で二分、五十点で二朱」

「望むところだ」

春吉は手にしている扇子を器用にくるくるまわして答え、

「それじゃ、若旦那からお先にどうぞ」

と、あくまでも余裕の体である。

新兵衛は膝をすって枕から畳一枚離れたところに移った。枕は廊下側にあり、新兵衛は窓を背にしている。窓の外は大川で、川風がときおり吹き込んできて風鈴を鳴らし、蚊遣りの煙をなびかせた。

新兵衛は表情を引き締めて、小さく息を吐いて扇子を手にした。春吉の目がきらっと光り、いい扇子を持っているねと新兵衛の手を見た。

新兵衛は右肘を折り的の蝶に狙いを定め、手首を利かせて投げた。扇子の要が枕に向かって飛んでゆく。蝶にあたり、ついている鈴が音を立てて落ちた。

扇子は蝶に触れているが、台から離れていた。五十点で二朱である。

新兵衛に代わった春吉は、手にした扇子を開いたり閉じたりしながら、

「やっぱり投扇興は、こうでないとな。枕も蝶も、立派なものだ。府中じゃ振分荷物に紙入れだったからしっくりこなかったが、これなら文句ない」

と、満足そうな笑みを浮かべて扇子をひょいと投げた。

扇子は見事蝶にあたり、鈴音を立てる。そして、蝶につけられている鈴紐が、枕によりかかった扇子の中骨に引っかかった。

「あ……」

和助が驚きの声を漏らし、目をまるくした。満点だ。新兵衛は財布から負け分の二分を取り出し、春吉の膝許に滑らせる。その金は作次の膝許に移される。

新兵衛の番になった。ゆっくり扇子の要を親指で支えるようにし、残り四本の指を上から挟んで持つ。強く押さえず軽く持つ。扇面は畳と水平だ。

そのまま押しだすようにして投げる。軽く手首を手前に引けば、勢いがつく。その加減は微妙である。尻をあげてはだめだが、上体を的の蝶に近づけるように倒すのはかまわない。

新兵衛は息を吸って吐き、扇子を投げた。ふわっとゆるい弧を描いて、蝶を落とした。扇子が落ちて枕にかかる。蝶は離れていた。二朱。

つづいて春吉が投げた。蝶は鈴音を鳴らして落ち、扇子の下敷きになったが、扇子が枕にかかっている。二分の勝ち。また新兵衛は負けた。

その後、新兵衛が二分取り返したが、あっさり春吉に取り返された。

（なんだ、また負けるのではないか……）

稲妻は二人の勝負を見ながら、だんだんやきもきしてきた。春吉の勝った分は、作次の膝許に集められている。どうやら作次が春吉の出資者になっているようだ。

その作次は刺身をつまみ、ゆっくり酒を飲んでいる。稲妻は勝負の行方を見ながら落胆する。新兵衛は負けが込んでいる。

どう見ても、春吉の投扇はそつがない。その春吉に比べると、新兵衛は見劣りする。あきらかに腕が違うとわかる。

新兵衛は府中宿で十四両も負けている。その倍を取り返すと息巻いていたが、また大損するのではないかと心配する。稲妻は新兵衛に雇われている手前、損をしてほしくない。新兵衛が大負けすると、自分は暇をだされるかもしれない。それは困る。

いまの生計《たつき》は新兵衛からもらう用心棒両だ。それがなくなれば、また元の貧乏暮らしに戻ることになる。

「若旦那、しっかりしろ」

内心の焦りが声となって出た。新兵衛はわかっているという顔でうなずく。

「この辺で一息入れたらどうだい？」

作次が新兵衛と春吉に言った。

「そうだな。若旦那、少し休んだほうがいいだろう」

稲妻も進言した。

新兵衛と春吉も同意し、自分の席について酒を飲み、料理をつまんだ。

「負けっぱなしじゃないか。いくら取られた」

稲妻が言えば、

「もう八両です。若旦那、傷が深くなるばかりじゃござんせんか。どうするんです」

と、和助も不安を隠しきれない顔で言う。

「ここでやめるわけにはいかないだろう。負けてばかりじゃ話にならん」

そう言う新兵衛は部屋のなかに視線をめぐらし、大川を振り返った。大川には夕涼みの屋形船が出ていて、三味や琴の音が聞こえていた。楽しげな舟客の笑い声も届いてくる。

川風が強くなったのか、庇の風鈴がちりんちりんと音を立てた。

「春吉さん、賭け金を増やしませんか。満点は一両、五十点は二分と……」

なにを言いだすんだと稲妻は、さっと新兵衛を見た。

「おれはどうでもいいさ。そっちがそれでいいというなら受けて立つさ」

春吉は余裕の顔で盃を口に運ぶ。

「小泉屋の若旦那、負けが込んでいるが、元手はあるんだろうね」

作次が太鼓腹をさすりながら新兵衛を見た。

「心配ご無用です。さ、やりますか……」

新兵衛はそう言って投げる位置についた。

「ちょいと蚊遣りの煙が目にしみる。稲妻さん、和助、煙よけになってくれないか。春吉さんも煙いでしょうし」

「おりゃあ気にならねえが、そうしたけりゃそうするといいさ」

春吉は同意した。

「若旦那、大きく出るのはいいが、大丈夫だろうな」

稲妻は場所を移りながら新兵衛に言うが、当人はやる気満々の顔だ。

三

賭け金を自ら増やした新兵衛は、膝許に二分金・一分金・二朱金を積み重ねた。ざっと十五両はありそうだ。それを見た作次が、春吉の膝許に同じように金を積み重ねた。

新兵衛は八両負けている。府中宿の負けと合わせると二十二両だ。

（こりゃあ大博奕ではないか）

稲妻は内心でため息をつき、和助といっしょに新兵衛の背後に座った。

新兵衛が先に投げて、満点を取った。春吉は蝶を落としたが、扇子は枕から外れていた。

これで新兵衛が二分勝った。それでも負けは今日だけで七両二分だ。

つづいて新兵衛がまた一両取ったが、春吉も一両取り、引き分け。取ったり取られたりがつづき、春吉の番になったとき、新兵衛が「エヘン」と空咳をした。

稲妻は左へ体を倒した。和助は右に倒す。そして、春吉が投げた。投扇は要を少し上にもたげて落ちたが、蝶にはあたらず、枕にもかからなかった。新兵衛が一両取り返す。

そして、新兵衛が投げる。蝶を落とし、扇子は枕にかかった。また一両取った。

次の春吉は蝶を落としたが、扇子は枕から離れていた。また新兵衛の勝ち。しばらく新兵衛の勝ちがつづいた。すでに四両を取り返していた。

「春吉どうした。調子が狂ったか……」

作次の顔から余裕の笑みが消えてきた。見守っている種造は、扇子を替えたらどうだと助言する。春吉は新しい扇子を使いはじめた。

新兵衛が投げる。満点。春吉が代わって投げる位置に座ると、

「エヘン、エヘン。どうにも煙が喉にいけねえ」

と、新兵衛が空咳をして言う。稲妻と和助は体を横に少し倒す。

春吉が投げる。扇子は蝶にかすりもせず、緋毛氈に落ちた。おかしい、と春吉がつぶやく。なにくわぬ顔で新兵衛が投げる。また一両取った。

「春吉、どうした。もうつづけて三両取られたじゃねえか」

作次が真顔で春吉を見る。すぐに取り返しますよと、春吉は言葉を返すが、新兵衛の調子があがったのか、膝許にある金が少しずつ増えていく。

「おい、これじゃ勝負にならねえ。満点で二両、五十点で一両だ。若旦那、それ

で勝負だ。おめえさんが言い出しっぺだ。文句はねえだろう」

作次は頭に血を上らせているのか、大きく出てきた。稲妻は新兵衛を見る。すました顔でいいでしょうと受けた。

（おいおい、大丈夫か……）

稲妻は心配するが、新兵衛はすぐに五両を稼いだ。すでに今日の賭には勝っている。

負けが込んできた春吉には焦りがあるのか、扇子を投げる勢いが強かったり、手許が狂ってあらぬほうに飛ばしたりする。そのせいで負けつづけている。

「春吉さん、もうそろそろしまいにしましょうか」

新兵衛が言うと、

「そりゃあならねえ。勝ち逃げは許さねえ」

作次が眦《まなじり》を吊りあげてにらんだ。新兵衛は口の端に笑みを浮かべている。

「では、あと二勝負でどうです。おれは今日勝った賭け金があるので、十両出します。いかがです」

おいおい、そんなことして大丈夫かと、稲妻は身を乗りだす。和助も気が気でないという顔を向けてくる。

「よし、受けて立とうじゃねえか。春吉、そういうことだ。ぬかるんじゃねえぞ」

作次は春吉をけしかける。

まずは新兵衛が投げた。蝶を落としただけだった。つぎに春吉が投げた。扇子は蝶をかすっただけで、鈴が小さく鳴り揺れただけだった。新兵衛の勝ちで十両。

作次の顔が酒のせいではなく赤くなっていた。春吉はさかんに首をかしげる。

つぎが最後の勝負だ。新兵衛が投げた。文句なしの満点。

つづいて、春吉が席につき慎重に扇子を構えた。座がしーんと静まる。静けさを破るのは風鈴の音だけだ。

春吉が投げた。扇子は弧を描きながら飛んだが、ひょいと要が持ちあがりそのまま枕の手前に落ちた。

「あ……」

作次が目を剝いて落ちた扇子を見た。

（やった）

稲妻は内心でつぶやく。一気に二十両の勝ちだ。

「も、もうひと勝負だ」

作次が声を漏らして、新兵衛をにらんだ。

「賭け金はあるんでしょうね。あと十両ですよ」

新兵衛が言うと、作次は巾着に手を突っ込んで、二分金二十枚を春吉の膝許に滑らせた。

新兵衛も膝許に賭け金十両を置く。

「ちょいと待ってくれ」

種造だった。

「新兵衛の若旦那。扇子になにか細工をしてんじゃねえだろうな。どうもおかしいじゃねえか」

と、猜疑心《さいぎしん》の勝った目で見てくる。

「細工なんかしてないですよ。ご覧になってください」

新兵衛は自分の扇子を種造にわたし、春吉にもたしかめさせた。細工がないとわかると、枕と蝶も調べる。だが、こちらにも変わったことはない。

「どうです？」

種造は不満そうな顔でなにもないと言って、作次を見た。作次は憤然とした顔

で、

「勝負だ」

と、言い放った。

新兵衛が席につき、扇子を構えた。そして投げた。蝶を落として扇子は枕にかかった。

（よし）

稲妻はこれで勝ち目があると、拳をにぎり締める。

「もう蚊遣りは気にならなくなった。春吉さん、煙いですか？」

自分の席についた新兵衛が聞いた。

「煙なんかなんともねえさ」

春吉はやけ気味に答えた。

「それじゃ稲妻さん、和助、こっちに来て座りましょう。これが最後ですから」

稲妻は和助と顔を見合わせ、高足膳の前に移った。

春吉は用心深く扇子を構えた。二度三度と手首を振り、真剣な目で枕を凝視する。投げた。扇子は弧を描かず、まっすぐ蝶をめざして飛んでいく。と、勢いがありすぎたのか、扇子は蝶を飛び越え、廊下側の障子の下に落ちた。

作次は息を呑み目をまるくしていた。種造はがっくり肩を落とす。扇子を投げた春吉は地蔵のように固まっていた。

「では、遠慮なく」

新兵衛は春吉の膝許に置かれた賭け金を引き寄せた。

「おい、若旦那。おめえさん、このまままっすぐ帰るってんじゃねえだろうな」

作次が目の色を変えていた。

「どういうことだ?」

稲妻は作次をにらんだ。

「賭に負けたからといっていちゃもんつけるなら、この稲妻が黙ってはおらぬ。文句があるなら存分に申してみよ。わしが相手になってやる」

短いにらみ合いとなったが、作次は相手が悪いと思ったのか、

「いや、なにもねえです」

と、負け犬が尻尾をまるめるように視線を外した。

「それじゃ、この店のお代は作次さん、あなたたちにおまかせします。そういう約束でしたからね」

新兵衛はそう言って立ちあがった。稲妻も和助を顎で促して新兵衛のあとにつ

づいた。

作次たちは通夜にでも来たような顔でうつむいていた。

四

久松亭を出た新兵衛たちは、浅草茅町《かやちょう》にある料理屋の小座敷に移っていた。

女中に酒を運ばせ祝杯をあげた。

「いやいや若旦那の勝負強さには兜《かぶと》を脱ぎました。あたしゃ、負けが込んでまた大金を捨てるのではないかと冷や冷やしていやしたが、終わってみれば胸がすっきりしやした。ささ、どうぞ」

和助はにこにこ顔で新兵衛に酌をし、

「稲妻さんの啖呵《たんか》は団十郎《だんじゅうろう》の科白《せりふ》のようでございましたよ。『文句があるなら存分に申してみよ。わしが相手になってやる』って……」

和助は声音を真似ながら、稲妻に酌をする。

「わしは負けると思っていたが、よくぞ挽回したものだ。天晴《あっぱ》れな勝ち方だった」

稲妻はうまそうに酒に口をつける。

「まともにやったら春吉さんには勝てなかった。だから考えたのだ」

新兵衛は天麩羅をつまんで言う。

「最初は分が悪かった。だけど、おれは春吉さんの扇子の飛び方を見ていたんだ。あの人はやわらかく扇子を投げる。それも狙ったところを外さない技を持っていた。ところが風に弱い投げ方だと見抜いたのだ。だから稲妻さんと和助をおれの後ろに座らせ、風を味方につけることにした」

「へえ、それは気づきませんで……」

和助が目をぱちくりさせる。

「途中から川風が強くなった。だからこれを使わない手はないと思ったんだ。案の定、春吉さんの扇子は風に負けていつものように飛ばずに的を外した」

「なるほど、そういうことでしたか」

「されど、最後の勝負ではおれたちは風よけにはならなかった」

稲妻が言う。

「おれが投げるときは風よけになっていました。だから、春吉さんが投げるときに、稲妻さんと和助を席に戻したんです。あのとき川風はその前より強くなっていた。だけど、負けが込んで頭をかりかりさせている春吉さんは気づかなかった」

「さようなことであったか」

「まともにやったら、春吉さんには太刀打ちできないとわかっていましたからね」

新兵衛はうまそうに酒を飲む。今夜の勝負が思いどおりにいったことに満足していた。

「若旦那はおっしゃったとおり、倍以上の賭け金を取り返しましたね。さすがです。さすがの春日大社でございます」

「それでいくら稼いだのだ？」

稲妻が問えば、和助が答えた。

「締めて三十六両二朱でございます」

「おぬし数えていたのか？」

稲妻が驚き顔をする。

「あっしはこう見えても、金勘定が得意なんざんすよ」

へへへと、和助は自慢げに笑う。

「つぎの路銀はこれでできた。もういつでも出立できる」

新兵衛が言えば、稲妻と和助が顔を見合わせた。

「また、行くんでやんすか。本気でやんすか？」

和助は真顔になった。

「途中までしか行ってねえだろう。京に行くと決めていたんだ。ここであきらめたら、これからの人生もだめになる気がする。なんでもあきらめたらそこで終わりだ。そうじゃねえか」

「そうでござんす。あきらめが肝腎とは申しません。途中であきらめるのは愚の骨頂。やると決めたらとことんやるのが男でござんす」

和助は「ささ、どうぞ」と、新兵衛と稲妻に酌をする。

「それでつぎはいつ出立だ？」

稲妻が顔を向けてきた。

「慌てて行く旅じゃありませんが、三日後でどうでしょう」

新兵衛は旅の支度はともあれ、両親を口説くのにそれだけの日数は必要だと考えていた。

「ようございます。三日あればいろいろ支度もできます。稲妻さん、三日後にマタタビじゃありません、また旅でやんす」

和助はおちゃらけて、自分で笑う。

翌日、札旦那の蔵米を御蔵役所で受け取り、札旦那にわたす分を差し引いて米問屋に売ってから店に戻った新兵衛は、新右衛門を奥座敷に呼んだ。

「なんだいあらたまって……」

新右衛門は怪訝そうな顔で新兵衛の前に座った。

「さっき御蔵役所で、お上が株仲間を本気で解き放つ（解散する）かもしれないって聞いたんだ。そういう動きがあるのはおとっつぁんも知っていると思うけど、それがただの噂でなかったらどうするんだい」

新右衛門はゆるめていた表情を硬くした。

「その話はあるが、まだ先のことだろう。今年や来年のことではない」

「だけど、三年後はわからないだろう。それに解き放ちにあうのは十組問屋以外らしい。そんなことを聞いたんだ」

十組問屋というのは、大坂から江戸に送られてくる商品を取り扱う江戸問屋が作った株仲間だった。米・油・塗物・畳表・酒・紙・綿・薬種・小間物・釘などを扱う問屋がそれにあたり、札差は株仲間を結成しているが、そのなかには入っていない。

「のんびりしていたら札差はお上に潰されるかもしれない。そうなったらどうします」

新兵衛はのんびり構えている父親の顔を見る。

「どうするって、噂があるだけだ。御蔵役所の誰に聞いたんだい？」

「組頭の橋爪《はしづめ》様だよ。あの人は学があり先を見る目がある。のんびり構えていると痛い目にあうかもしれない」

「札差がなくなったら困るのは札旦那なんだ。そうだろう」

「札旦那の借金を帳消しにされたらどうするんだよ。商売あがったりだろう」

「ま、そんなことはないと思うが……」

新右衛門は自信なさそうに声を低めた。

「やはり、おれは旅に出て先々のことを考えてくる」

「え、おまえ、また旅に出るつもりかい……」

新右衛門は驚いたように目をみはった。

「山城屋のお菊さんとの縁談があるんだ。あらためて見合いの席を決めるところなんだよ」

「縁談なんて急ぐことはないだろう。それより、この先の商売のことを考えるのが大事ではないか。とにかく旅には行くと決めているから」

新兵衛はそう言うと、すっくと立ちあがり自分の座敷に向かった。待てと新右衛門が引き止めたが、「もう決めたことなんだ」と、新兵衛は言葉を返した。

「え、また旅に出ると言ってるんですか？」

新右衛門から話を聞いたおようは、視線を彷徨わせた。

「山城屋のお菊さんのことはどうするんです……」

「縁談なんて急ぐことはない。この先の商売を考えるのが大事だと……」

「それでなにも言わなかったのですか」

「あいつは言いだしたら引き下がらないから」

「はあ」と、ため息をつく夫を、おようは情けないと思った。

そして、その日の夕刻、おようは新兵衛に話があると言われた。また路銀の無心ではないかと顔がこわばる。妾を囲って好きなことをしている夫の新右衛門からは、毎月の費えの金をもらっているが、たびたび無心されてはかなわない。清三郎と楽しむための小遣いは残しておかなければならない。

おそらく新兵衛は清三郎のことを持ち出して脅し、路銀をねだるつもりだろう。

「どんな話かしら」

内心の動揺を隠し、母親らしく新兵衛の前に座った。

「また旅に出ることにします」

「聞いたわ」

「ついてはお願いがあります」

ほらきたと、おようは心のなかで身構える。

「新次郎のことです」

「はあ……」

予想が外れたので拍子抜けした。

「やつの奉公先を考えてくれませんか」

「新次郎の……」

「あいつはこの家業には向かない男です。荷届けや帳面付けはできても、掛け取りは下手だし、蔵宿師とやり合うこともできない」

「だったらあんたがやればいいのよ」

「おれは旅に出るんですよ」

　おようはじっと自分の倅を見つめる。いつからこんな男になったのだろうかと思う。躾の悪い夫のことを恨みたくもなる。

「おとっつぁんにも頼んでおきますから、考えてください」

「話ってそういうことだったの……」

　半ば安堵し、半ば気を重くしていた。

「そうです」

　そのまま新兵衛は立ちあがった。

「路銀はどうするの？」

　聞かなくてもいいことを聞いてしまったと、内心で後悔したが、

「心配無用です」

　新兵衛はそう答えて奥の座敷に歩き去った。

＊

　二日後、新兵衛は浅草橋の北詰で稲妻と和助と落ち合った。

　まだ日の上る前で、東雲《しののめ》がほんのり色づいている時分だった。夜明け前の通り

には早起きの豆腐屋や納豆売りの姿があるぐらいで、人通りはほとんどない。

「それじゃまいりますか」

新兵衛は稲妻と和助に言って歩き出した。

今度こそは京に行くと、固く心に決めている。

浅草橋をわたりながら和助が歌いはじめた。

「〽ずいずいずっころばし　ごまみそずい　ちゃつぼにおわれてとっぴんしゃんぬけたら　どんどこしょ……」

新兵衛があとを引き取って歌った。

「〽たわらの　ねずみが　こめくって　ちゅー」

「ちゅーちゅーちゅー」

稲妻が声を合わせたが、調子が合わないのがおかしくて、新兵衛と和助は楽しげに笑った。そのとき、東の空にある雲の隙間から一条の光が差してきた。

「おお日が出た」

稲妻が朝日を見て言えば、

「ああ、屁が出た」

と、和助が言葉を返した。

また新たな珍道中のはじまりだった。

この作品は双葉文庫のために書き下ろされました。

双葉文庫

い-40-59

へっぽこ膝栗毛《ひざくりげ》（二）

2024年11月16日　第1刷発行

【著者】

稲葉《いなば》稔《みのる》

【発行者】

箕浦克史

【発行所】

株式会社双葉社

〒162-8540 東京都新宿区東五軒町3番28号

［電話］03-5261-4818（営業部）　03-5261-4831（編集部）

www.futabasha.co.jp（双葉社の書籍・コミックが買えます）

【印刷所】

中央精版印刷株式会社

【製本所】

中央精版印刷株式会社

【フォーマット・デザイン】

日下潤一

ISBN978-4-575-67219-0 C0193

Printed in Japan